青少年财智故事汇

CAIZHI GUSHIHUI

韩祥平 编著

U0676243

引起青少年
共鸣的成长故事

北京出版集团
北京出版社

图书在版编目（CIP）数据

引起青少年共鸣的成长故事／韩祥平编著．— 北京：北京出版社，2014.1
（青少年财智故事汇）
ISBN 978 - 7 - 200 - 10299 - 4

Ⅰ．①引… Ⅱ．①韩… Ⅲ．①故事—作品集—世界 Ⅳ．①I14

中国版本图书馆 CIP 数据核字（2013）第 282049 号

青少年财智故事汇

引起青少年共鸣的成长故事

YINQI QING-SHAONIAN GONGMING DE CHENGZHANG GUSHI

韩祥平　编著

＊

北 京 出 版 集 团
北 京 出 版 社　出版

（北京北三环中路6号）

邮政编码：100120

网　　址：www．bph．com．cn

北 京 出 版 集 团 总 发 行

新 华 书 店 经 销

三河市同力彩印有限公司印刷

＊

787 毫米×1092 毫米　16 开本　12 印张　170 千字

2014 年 1 月第 1 版　2023 年 2 月第 4 次印刷

ISBN 978 - 7 - 200 - 10299 - 4

定价：32.00 元

如有印装质量问题，由本社负责调换

质量监督电话：010 - 58572393

责任编辑电话：010 - 58572775

前言 专心聆听成功的声音

有这样一则故事：

富有的农夫在巡视谷仓时，不慎将一只名贵的手表遗失在谷仓里，他在偌大的谷仓内遍寻不到，便定下赏金，要农场上的小孩到谷仓帮忙，谁能找到手表，便给他50美元。

小孩们在重赏之下，无不卖力地四处翻找，但是谷仓内尽是成堆的谷粒，以及散置的大批稻草，要在这当中找寻小小的一只手表，实在是大海捞针。

小孩们忙到太阳下山仍无所获，一个接着一个放弃了50美元的诱惑，一起回家吃饭去了。只有一个贫穷的小孩，在众人离开之后，仍不死心地努力找着那只手表，希望能在天黑之前找到它，换得那笔巨额赏金。

谷仓中慢慢变得漆黑，小孩虽然害怕，但仍不愿放弃，双手不停地摸索着，突然他发现在人声静下来之后，出现了一个奇特的声音。

那声音"嘀嗒、嘀嗒"不停地响着，小孩登时停下所有动作，谷仓内更安静了，嘀嗒声也响得十分清晰。小孩循着声音，终于在偌大漆黑的谷仓中找到了那只名贵的手表。

成功的道路上，我们难免会遇到一些障碍，如何能够越过障碍而直抵成功的终点，是我们期待知晓的。

正如故事中所蕴含的道理一样，专注与单纯，是成功法则中极重要的两项态度。故事中贫穷的小孩，为了获得巨额赏金改善生活，在众人放弃后，执意要找到手表，甚至克服了对黑暗的恐惧。而在谷仓安静下来之后，当周遭环境不再复杂，他便轻易地找到了他所要的。

成功法则正如谷仓内的手表，早已存在你的心中，只要你真的要去找到它，并且让自己静下来，专注而单纯地思考，你将可以听到清晰的嘀嗒声。

循着你内心正面的引导，不受复杂的外力所困惑，你终将成为一位成功者。

一个人要想取得成功，必须要有明确的目标和坚强的意志力。青少年正处于人生的起始阶段，可能还很难知道自己到底能做什么，这时就要根据我们的实际情况，确立明确的目标。一旦目标定下后，还必须拥有坚定的信念，这对人一生的成长具有十分重要的意义。但是意志力不是生来就有、自发形成的，而是在教育和实践过程中，经过锻炼与培养，逐渐养成的。培养良好的习惯，有利于意志力的养成。培养意志力的过程，也是形成良好习惯的过程。除此，青少年还要学会克服自己的人性弱点，学会处世哲学，学会与人分享，学会舍得智慧，学会把控自己的心灵，学会拓展思路，学会创新思维，学会当下行动起来，学会创造机遇，学会掌控情商与财商，学会关注细节，学会选择快乐……

总之，我们要在日常生活中，在学习、劳动、课外文体活动中，学会克服外部和内部的困难。善于自觉地、主动地、独立地调节自己的行为，使它服从于一定的有益的目的、任务，而不是事事依靠外力的督促和管理；养成善于确定目标并贯彻始终、坚持到底的坚毅精神；善于按照一定的观点、原则，经过深思熟虑后，果断地处理一些充满矛盾斗争的问题；善于控制和支配自己的行动，善于迫使自己去完成应当完成的任务，并抑制自己一些无关的或外界强烈吸引的活动和行为。

凡事只行不甘寂寞，真正脚踏实地地去做，才能把理想落实为行动，把自己想象为一叶孤舟，看不到岸，只有一生汪洋。成功的果实是辛勤的汗水浇灌在寂寞的根上长成的。

目　录

第一章

人生从不设限

> 人们有时可以支配自己的命运，若我们受制于人，那错就不在我们的命运，而在我们自己。
>
> ——莎士比亚
>
> 内心没有属于自己的标准，而以不断变换的事物来参照，那只能是为失败埋下不幸的种子。
>
> ——撒切尔夫人

人生从不设限

一位成功人士被邀请到一所名校作报告，在回忆他的经历时说：

"小学六年级的时候，我考试得了第一名，老师送我一本世界地图。我好高兴，跑回家就开始看这本世界地图。很不幸，那天轮到我为家人烧洗澡水。于是，我就一边烧水，一边在灶边看地图。看到一张埃及地图，想到埃及很好，埃及有金字塔，有埃及艳后，有尼罗河，有法老王，还有很多神秘的东西，心想长大以后有机会我一定要去埃及。

"正当我看得入神的时候，突然有一个人从浴室冲出来，围一条浴巾，用很大的声音跟我说：'你在干什么？'我抬头一看，原来是爸爸，我说：'我在看地图！'爸爸很生气，说：'火都熄了，看什么地图！'我说：'我在看埃及的地图。'我父亲跑过来'啪、啪'给了我两个耳光，然后说：'赶快生火！看什么埃及地图。'打完后，还踢我屁股一脚，把我踢到火炉旁边去，用很严肃的表情跟我讲：'我给你保证！你这辈子都不可能到那么遥远的地方去！赶快生火！'

"我当时看着我爸爸，呆住了，心想：我爸爸怎么给我这么奇怪的保证？真的吗？我这一生真的不可能去埃及吗？20年后，我第一次出国就去了埃及，我的朋友都问我：'到埃及干什么？'我说：'因为我的生命不要被保证。'

"有一天，我坐在金字塔前面的台阶上，寄了张明信片给我爸爸。我写道：'亲爱的爸爸，我现在在埃及的金字塔前面给你写信。记得小时候，你打我两个耳光，踢我一脚，保证我不能到这么远的地方来，现在我就坐在这里给你写信。'写的时候感触很深。我爸爸收到明信片时跟我妈妈说：'哦！这是哪一次打的，怎么那么有效？一脚踢到埃及去了。'"

智慧感悟

被别人保证，并且照着别人的保证去做的人，他的生命注定只能平淡无奇，碌碌无为。只有对自己的生命充满激情和幻想的人，才会不断地超越自己，达到一个又一个高峰，人生也才能因此而绚丽多彩、跌宕多姿。

不要被别人设定

汤姆先生赤手空拳，艰苦奋斗，终于成为成功的金融家。

汤姆只有琼斯一个儿子，汤姆从小就给他创造了一个优越的环境，希望琼斯能成为一个卓越的人。

6岁时，汤姆先生问儿子："长大以后你希望做什么呢？"当时琼斯刚刚获得了一个儿童绘画大奖，父子俩一起到酒店庆祝。小圆桌上摆着香喷喷的甜点，琼斯对父亲嘟囔道："我想当个糕点师，给您做最棒的布朗尼蛋糕。"

时光荏苒。天真的小琼斯已长成一个英俊少年，他是学校里最出类拔萃的学生，高中快毕业的时候，许多优秀的高等学府提前给他寄来了报考材料。

汤姆先生微笑着对琼斯说："一切由你自己决定。"出人意料地，琼斯认真地说："我想考烹饪学院，以后当一名很棒很棒的糕点师。"

汤姆先生的微笑有点僵硬了，他想起儿子当年说过的话。平心而论，汤姆先生觉得自己并不是一个想把自己的意愿强加给儿子的父亲，多年来，他一直给儿子最大的自由，可他还是没想到会出现这样的局面。

他即使从不苛求儿子去做金融帝国的继承者，但也希望儿子成为某个领域里的优异者，比如医生、艺术家、学者，等等，而糕点师算什么？

心里虽然这样思忖，但汤姆先生脸上仍然是很平静地拍了拍琼斯的肩膀说："既然你喜欢，那就好好干吧。"

不久，琼斯踌躇满志地报考了3所烹饪学院。可接踵而来的都是坏消息，那些学院都拒绝琼斯，不仅因为他的考试成绩不理想，而且还有专业老师给他下了"缺乏烹饪资质"的评语。

这对从小就十分优秀的琼斯是个很大的打击，他把自己关在屋子里待了好几天。当他沮丧地打开房门，看见父亲就站在门外，他扑向父亲温暖的怀抱，伤心地哭泣起来。而汤姆先生很清楚，哭过之后，一切都会过去的。

翌日，琼斯主动向汤姆先生要回了当初推掉的那些高等学府的资料。他最终选择了哈佛大学。

几年以后，琼斯以优异的成绩从哈佛大学毕业，进了汤姆先生的公司工作。琼斯凭借自己的能力不仅很快熟悉了金融业务，而且以他的才华很快崭露头角。

有这样一个出色的儿子，汤姆先生高兴得能从梦里笑醒。但是，他凭着父亲的敏感察觉到琼斯身上的某种忧郁。

毕竟岁月不饶人，汤姆先生病倒了，虽然不严重，但医生还是叮嘱他卧床休养。

一天晚上，汤姆先生打算到楼下找几份报纸。因为是周末，家里的用人都回了家，可是，厨房里却透出灯光。汤姆先生蹑手蹑脚地走过去，却意外地看见儿子琼斯正埋头摆弄着一堆零碎的东西。只见他有条不紊地将奶油、巧克力、香草精、新鲜鸡蛋按类分开、混合，又将雪白的面粉和泡打粉一起均匀搅拌，然后倒入模具放进电烤箱。他的动作娴熟又专注，仿佛在创作一件艺术品。

"嗨，你在干什么？"汤姆先生好奇地问，他从不知道儿子还会做蛋糕。琼斯回头看了一眼父亲，回答说："我在给您做一块布朗尼蛋糕。"

琼斯从烤箱里拿出烘焙好的布朗尼蛋糕，棕色的糕体散发着巧克力香味，看上去松软可爱。琼斯捧着蛋糕，脸上洋溢着得意的笑容。

那笑容是汤姆先生很久不曾看见的，他记起儿子孩提时的理想。

汤姆先生的眼睛湿润起来，他接过蛋糕，认真地问琼斯："这么多年，你工作得并不快乐，对不对？"琼斯怔了一下说："可我一直干得很出色。"汤姆先生低头咬了一口布朗尼蛋糕，咀嚼半天，说："我一直为拥有一个出色的儿子自豪，但是吃了你亲手做的布朗尼蛋糕，我才发现，原来拥有一个快乐的儿子更重要。"

说罢，汤姆先生带着儿子到书房，从保险柜里拿出当年琼斯考烹饪学院的成绩单，全是优秀记录——当时是他用金钱隐藏了真正的成绩。

第二天琼斯就宣布辞去公司所有的职务。

几个月后，汤姆先生向许多朋友发出了晚会邀请，请柬上没有说明缘由。晚会上，汤姆先生微笑着向众人宣布："今天请诸位来，是庆祝我的儿子琼斯正式经营一家糕点店，他能做出世界上最棒的布朗尼蛋糕……"

一块美味的布朗尼蛋糕，不只是琼斯的梦想，而且也是他与自己的较量。

★智慧感悟★

真正的快乐在实现梦想以后才能找到。不要被别人设定，只有找到自己的兴趣所在，做自己最喜欢的工作，生命才能大放异彩。要知道，自己的命运最终要靠自己设计。

不能为躲避风雨止步不前

琼斯住在波士顿的一个小镇上，他一直向往着大海。一个偶然的机会，他来到了海边，那里正笼罩着雾，天气寒冷。他想：这就是我向往已久的大海吗？他的希望和失望落差很大，他想：我再也不喜欢大海了。幸亏我没有当一名水手，如果是一名水手，那真是太危险了。

在海岸上，他遇见一个水手，他们交谈起来。

"海并不是经常这样寒冷又有雾，有时，海是明亮而美丽的。但在任何天气，我都爱海。"水手说。

"当一个水手不是很危险吗?"琼斯问。

"当一个人热爱他的工作时，他不会想到什么危险。我们家里的每一个人都爱海。"水手说。

"你的父亲现在何处呢?"琼斯问。

"他死在海里。"

"你的祖父呢?"

"死在大西洋里。"

"你的哥哥呢?"

"当他在印度的一条河里游泳时，被一条鳄鱼吞食了。"

"既然如此，"琼斯说，"如果我是你，我就永远也不到海里去。"

水手问道:"你愿意告诉我你父亲死在哪儿吗?"

"死在床上。"

"你的祖父呢?"

"也死在床上。"

"这样说来，如果我是你，"水手说，"我就永远也不到床上去。"

★智慧感悟★

人生中不可能没有风雨，而为了躲避风雨止步不前，无异于浪费生命。真正的人生不可能没有风雨，做自己的主人，勇敢地走出去，才能享受真正的人生。

守住自己的梦想

亨利从小家里就很穷，但他的家里充满了爱和关心。所以，他是快乐而有朝气的。他知道，不管一个人有多穷，他仍然可以做自己的梦。

亨利的梦想就是运动。在他 16 岁的时候，他就能够压碎一只棒球，能够以每小时 90 英里的速度扔出一个快球，并且撞在足球场上移动着的任何一件东西上。他的高中教练是奥利·贾维斯，他不仅相信亨利，而且还教他怎样自己相信自己。他教亨利知道：拥有一个梦想和足够的自信，会使自己的生活有怎样的不同。

贾维斯教练对他所做的一件特殊的事情，永远地改变了他的生活。

那是在亨利由低年级升入高年级的那个夏天，一个朋友推荐他去做一份暑期工。这是一个意味着他的口袋里会有钱的机会，有钱就可以和女孩子约会，当然，有钱还可以买一辆新自行车和新衣服，还意味着为他的母亲买一座房子的储蓄的开始。这份夏日的工作对他来说是极具诱惑力的，这使他高兴得跳了起来。

接着，他意识到如果他去做这份工作，他就必须放弃暑假的棒球运动，那意味着他必须告诉贾维斯教练他不能去打球了。他害怕这一点，当他把这件事告诉贾维斯教练的时候，教练真的像他预料的一样生气了。

"你还有一生的时间可以去工作，"教练说，"但是，你练球的日子是有限的，你根本浪费不起！"

亨利低着头站在他面前，努力想向他解释，为了那个替他妈妈买一座房子和口袋里有钱的梦想，即使让教练对他失望，他认为也是值得的。

"孩子，你做这份工作能挣多少钱？"教练问道。

"每小时 3.25 美元。"

教练继续问道："你认为，一个梦想就值一小时 3.25 美元吗？"

这个问题，简单得不能再简单了，它赤裸裸地摆在亨利的面前，让他看到了立刻想得到的某些东西和树立一个目标之间的不同之处。

那年暑假，亨利全身心地投入到运动中去，同一年，他被匹兹堡海盗队挑选去做队员，并与他们签订了一份价值 2 万美元的契约。后来，他在亚利桑那州的州立大学里获得了足球奖学金，那使他获得了接受教育的机会；在全美国的后卫球员中，他两次被公众认可，并且在美国国家足球联盟队队员的挑选赛中，他排在了第七名。

1984 年，亨利与丹佛的野马队签署了 170 万美元的合同。他终于为他的母亲买了一座房子，实现了他的梦想。

★★★★★智慧感悟★★★★★

梦想是人生最大的希望，有了这个信仰的力量，它会推动着我们不断超越自我，向理想的殿堂迈进。梦想的实现要求我们必须具有高瞻远瞩的目光，因为一旦被眼前利益绊住双脚，人生就注定会落入平庸。

美国国父华盛顿说："一切的和谐与平衡、健康与健美、成功与幸福，都是由乐观与希望的向上心理产生与造成的。"

老板和乞丐的分水岭

有两个从农场外出谋生的年轻人，他们一个买了去纽约的车票，一个买了去波士顿的车票。他们到了车站，一打听才知道纽约人很冷漠，指个路都想收钱；波士顿的人特别质朴，见了露宿街头的人会特别同情。

去纽约的人想，还是波士顿好，挣不到钱也饿不死，幸亏车还没到，不然真掉进了火坑。去波士顿的人想，还是纽约好，给人带路都能挣钱，幸亏还没上车，不然真失去了致富的机会。最后，两个人在换票地点相遇了，原来要去纽约的人去了波士顿，打算去波士顿的人去了纽约。

去波士顿的人发现，这里果然好。他初到那里的一个月，什么都没干，大商场里有欢迎品尝的点心也可以白吃。

去纽约的人发现，纽约到处都可以发财。只要想点办法，再花点力气，就可以衣食无忧。凭着乡下人对泥土的感情和认识，第二天，他在建筑工地装了 10 包含有沙子和树叶的土，以"花盆土"的名义，向不见泥土而又爱花的纽约人兜售。当天他在城郊往返 6 次，净赚了 50 美元。一年后，他竟然凭着"花盆土"拥有了一间小小的门面。

在常年的走街串巷中，他又有了一个新的发现：一些商店楼面亮丽而招牌较黑，一打听才知道这是清洗公司只负责洗楼不负责洗招牌的结果。他立即抓住这一机会，买了人字梯、水桶和抹布，办起一家清洗公司，专门负责擦洗招牌。如今他的公司有了 150 多个员工，业务还发展到了附近的几个城市。

不久，他坐火车去波士顿旅游。在路边，一个捡破烂的人伸手向他乞讨，两人都愣住了，因为五年前，他们曾换过一次票。

★ 智慧感悟 ★

一位名人曾经说过："要想拥有高质量的人生，就要敢冒更大的风险。"两张车票带来两种人生。不同的选择决定不同的命运，不同心态的人作出不同的选择，老板和乞丐在这里有了分水岭。

相信自己的判断

美国著名女演员索尼亚·斯米茨童年的时候在加拿大渥太华郊外的一个农场里生活。

那时候她在农场附近一个小学里读书。有一天她回家后很委屈地哭了，她父亲问她为什么哭泣，她断断续续地说道："我们班里一个女生说我长得很丑，还说我跑步的姿势难看。"父亲听完她的哭诉后，没有安慰她，只是微笑地看着她，忽然父亲说："我能够得着咱们家的天花板。"当时正在哭泣的索尼亚听到父亲的话觉得很惊奇，她不知道父亲想要表达的意思，就反问了一句："你说什么？"

父亲又重复了一遍："我能够得着咱们家的天花板。"

索尼亚完全停止了哭泣，她仰着头看了看天花板，将近 4 米高的天花板，父亲能够得着？尽管她当时还小，但她不相信父亲的话。父亲看她一脸的不相信，就得意地对她说："你不信吧？那么你也别相信那个女孩子的话，因为有些人说的并不是事实。"索尼亚在很小的时候就明白了，不能太在意别人说什么，要自己拿主意。

在她二十四五岁的时候，她已经是一个颇有名气的年轻演员。一次，她准备去参加一个集会，但她的经纪人告诉她，因为天气不好，可能只有很少的人参加这次集会。经纪人的意思是索尼亚刚开始出名，应该用更多的时间去参加一些大型的活动以增加自己的名气。可索尼亚坚持要参加那个集会，因为她在报刊上承诺过要去参加。结果，那次在雨中的集会，因为有了索尼亚的参加而使得广场上的人群集聚起来，她的名气和人气骤升。

★★★★★★★★★ 智慧感悟 ★★★★★★★★★

人生路上，很多时候都要自己拿主意，他人的忠告无论是否出于善意，都只能是一个参考而已。凡事自己拿主意，并不是一意孤行、孤芳自赏，而是忠于自己、相信自己，更是敢于承担面临的挑战。

不要丢失自己

有一只乌龟在沙滩上晒太阳时，几只螃蟹爬过来。它们看到乌龟背上的甲壳嘲笑道："瞧瞧，那是一只什么怪物啊，身上背着厚厚的壳不说，壳上还有乱七八糟的花纹，真是难看死了。"

乌龟听后，觉得很羞愧，因为它自己早就痛恨这身盔甲，可这是娘胎里带出来的，它没法改变，只能把头缩进壳里，想来个眼不见、耳不听，还能落得个清静。

谁知螃蟹们见乌龟不反抗，便得寸进尺："哟，还有羞耻心呢，以为把头缩进去，就能改变你一出生就穿破马甲的命运吗？"乌龟没有应答，螃蟹自讨没趣，于是走了。

乌龟等螃蟹们走后，伸出头，迈动四肢，找到一处礁石，把它的背部靠在礁石上不停地磨，想磨掉那件给它带来耻辱的破马甲。

终于，乌龟把背磨平了，马甲不见了，但弄得全身鲜血淋漓，疼痛不堪。

这天，东海龙王召集文武百官开会，宣布封乌龟家族为一等伯爵，并令它们全体上朝叩谢圣恩。

在乌龟家族里，龙王一眼就瞧见了那只已没有马甲的乌龟，便大怒道："你是何方妖怪，胆敢冒充乌龟家族成员来受封？"

"大王，我是乌龟呀！"

"放肆，你还想骗朕，马甲是你们龟类的标志，如今你连标志都没有了，已失去了本色，还有什么资格说是乌龟。"说完，龙王大手一挥，虾兵蟹将们就将这只丢掉本色的乌龟赶出了龙宫。

★智慧感悟★

可怜的小乌龟并不知晓自己的特点，最后将自己弄得面目全非，以致被赶出乌龟家族。万事万物都有自己特别的灵气，不同的人有不同的特质。比如有的人热情活泼，有的人则沉稳内敛；有的爱舞文弄墨，有的人则能在实验室待一整天不觉困乏，因此说各式各样的人都有属于自己的精彩。我们都是父母心中的宝贝，是上帝的宠儿。我们只需做真实的自己，不要在乎他人所拥有的，因为我们身上的一切，也同样不为他人所拥有。

有了愿望的石头能走多远

一位名叫希瓦勒的乡村邮递员，每天徒步奔走在各个村庄之间。有一天，他在崎岖的山路上被一块石头绊倒了。

他发现，绊倒他的那块石头样子十分奇特，他拾起那块石头，左看右看，有些爱不释手了。

于是，他把那块石头放进自己的邮包里。村子里的人们看到他的邮包里除信件之外，还有一块沉重的石头，都感到很奇怪，便好意地对他说："把它扔了吧，你还要走那么多路，这可是一个不小的负担。"

他取出那块石头，炫耀地说："你们看，有谁见过这么美丽的石头？"

人们都笑了："这样的石头山上到处都是，够你捡一辈子。"

回到家里，他突然产生一个念头，如果用这些美丽的石头建造一座城堡，那将是多么美丽啊！

于是，他每天在送信的途中都会找几块好看的石头。不久，他便收集了一大堆，但离建造城堡的数量还差得很远。

于是，他开始推着独轮车送信，只要发现中意的石头，就会装上独轮车。

此后，他再也没有过上一天安闲的日子，白天他是一个邮差和一个运输石头的苦力，晚上他又是一个建筑师。他按照自己天马行空的想象来构造自己的城堡。

所有的人都感到不可思议，认为他的大脑出了问题。

二十多年以后，在他偏僻的住处，出现了许多错落有致的城堡，有清真寺式的、有印度神教式的、有基督教式的……当地人都知道有这样一个性格偏执、沉默不语的邮差，在干一些如同小孩建筑沙堡的游戏。

1905 年，美国波士顿一家报社的记者偶然发现了这群城堡，这里的风景和城堡的建造格局令他慨叹不已，为此写了一篇介绍希瓦勒的文章。文章刊出后，希瓦勒迅速成为新闻人物。许多人都慕名前来参观，连当时最有声望的大师级人物毕加索也专程参观了他的建筑。

在城堡的石块上，希瓦勒当年刻下的一些话还清晰可见，有一句就刻在入口处的一块石头上："我想知道一块有了愿望的石头能走多远。"

据说，这就是当年那块绊倒过希瓦勒的第一块石头。

★ 智慧感悟 ★

其实有了愿望的不是石头，而是我们的内心有了一股强大的信念，这个信念就是要过自己向往的生活。

青少年朋友要能够清醒地认识到一点：自己想过什么生活，想要什么样的人生，当有了自己的梦想以后，任何困难都是微不足道的。

正视自己的缺憾

罗斯福是备受世人敬仰的总统，也是哈佛人的楷模。

美国总统罗斯福是一个有缺陷的人，他小时候是一个脆弱胆小的学生，在学校课堂里总显露出　种惊惧的表情。他呼吸就好像喘大气一样，如果被喊起来背诵，立即会双腿发抖，嘴唇也颤动不已，回答起来含含糊糊、吞吞吐吐，然后颓然地坐下来。由于牙齿的暴露使他也没有一个好的面孔。

像他这样一个小孩，自我的感觉一定很敏锐，常会回避同学间的任何活动，不喜欢交朋友，成为一个只知自怜的人！然而，罗斯福虽然有这方面的缺陷，但有着奋斗的精神——一种任何人都可具有的奋斗精神。事实上，缺陷促使他更加努力奋斗。他没有因为同伴对他的嘲笑而减少勇气。他喘气的习惯变成了一种坚定的嘶声。他用坚强的意志，咬紧自己的牙床使嘴唇不颤动而克服他的惧怕。

没有一个人能比罗斯福更了解自己，他清楚自己身体上的种种缺陷。他从来不欺骗自己，认为自己是勇敢、强壮和好看的。他用行动来证明自己可以克服先天的障碍而得到成功。

凡是他能克服的缺点他就克服，不能克服的他便加以利用。通过演讲，他学会了如何利用一种假声，掩饰他那无人不知的龅牙，以及他那打桩工人的姿态。虽然他的演讲中并不具有任何惊人之处，但他并未因自己的声音和姿态而遭失败。他没有洪亮的声音或是威严的姿态，他也不像有些人那样具有惊人的辞令，然而在当时，他却是最有力量的演说家之一。

由于罗斯福没有在缺陷面前退缩和消沉，而是充分、全面地认识自己，在意识到自我缺陷的同时，能正确地评价自己，在困境之中抗争，不因缺憾而气馁，甚至将它加以利用，变为资本，变为扶梯而登上名誉巅峰。在晚年，已经很少有人知道他曾有严重的缺陷。

★★★ 智慧感悟 ★★★

每个人都可能有一些致命的缺陷，一些伟大的领袖人物也不例外。贝多芬的失聪、罗斯福的瘫痪、林肯的丑陋、拿破仑的矮小……但上帝赋予了他们高贵的品性与坚强的意志，还有清醒认识自我的头脑，于是一些凡人眼中可怕的缺陷，在他们这里已不成问题。他们的辉煌成就掩盖了一切，让他们的形象因此而显得更加伟大。我们也许这一生都无法取得那么大的成就，却可以学习他们那种坦然面对缺陷的态度，宽容了自己的缺点，也就宽容了人生。

学会欣赏自己

希尔曼身高不足 1.55 米，她的体重是 62 公斤。她唯一一次去美容院的时候，美容师说希尔曼的体重对她来说是一个难解的数学方程。然而希尔曼并不因那种以貌取人的社会陋习而烦忧不已，她依然十分快乐、自信、坦然。其实最初希尔曼并不像现在这样乐观，那么是什么改变了她呢？

希尔曼还记得自己第一次跳舞时的悲伤心情。舞会对一个女孩子来说总是意味着一个美妙而光彩夺目的场合，起码那些时尚女人的杂志里是这么说的。那时假钻石耳环非常时髦，当时她为准备那个盛大的舞会，练跳舞的时候老是戴着它，以致她疼痛难忍而不得不在耳朵上贴了膏药。也许是由于这膏药，舞会上没有人和希尔曼跳舞，然而不管是什么原因，希尔曼在那里坐了整整 3 小时 45 分钟。当她回到家里，希尔曼告诉父母亲，自己玩得非常痛快，跳舞跳得脚都疼了。他们听到希尔曼舞会上的成功都很高兴，欢欢喜喜地去睡觉了。希尔曼走进自己的卧室，撕下了贴在耳朵上的膏药，伤心地哭了一整夜。夜里她总是想象着，在 100 个家庭里，孩子们正在告诉他们的家长：没有一个人和希尔曼跳舞。

有一天，希尔曼独自坐在公园里，心里担忧着如果自己的朋友从这儿走过，在他们眼里她一个人坐在这儿是不是有些愚蠢。当她开始读一段法国散文时，读到文中写着的一个总是忘了现在而幻想未来的女人，她不禁想，"我不也像她一样吗？"显然，这个女人把她绝大部分时间都花在试图给人留下印象上了，而很少时间她是在过自己的生活。在这一瞬间，希尔曼意识到自己整整数年光阴就像是花在一个无意义的赛跑上了，她所做的一点都没有起作用，因为没有人注意她。从此，希尔曼完全改变了自己。

★智慧感悟★

我们的人生、生活都是我们自己的，他人夺不走也无法替我们走完这旅程。我们的生活是甜还是苦，只有我们自己知晓，他人的眼睛难免会有失偏颇。我们没有必要生活在他人的评论中，更无须将宝贵的青春挥洒给他人看。不会欣赏我们的人我们可以不理会，但若不懂欣赏自己、爱自己的人就显得有些悲哀了。

如果你对别人说你不欣赏自己，那么你或许会遭到更多人的唾弃。一个对自己充满信心的人，别人才会为你添一抹尊敬的色彩。

专心做好一件事

有一位年轻的画家，小有名气，曾经在国内外举办过多次画展，并且多次获奖。

有一次在朋友聚会上，有人问他："你为什么这么年轻就取得了这么多的成就呢？"

他微笑着说："因为我很小的时候就专心于学画，况且十几年来始终如一。"随后，他讲了自己儿时经历过的一件事情。

小时候，他兴趣非常广泛，也很要强，画画、拉手风琴、游泳、打篮球，样样都学，样样都会，并且还要求自己都要得第一。这当然是不可能的，于是，他整天闷闷不乐，心灰意冷，学习成绩也因此一落千丈，有一次期中考试成绩竟排到全班的最后几名。

父亲知道后，并没有责骂他。晚饭之后，父亲把一个小漏斗和一捧花生放在桌子上，告诉他："今晚，我要给你做一个试验。"父亲让他双手放在漏斗下面接着，然后捡起一粒花生投到漏斗里面，花生顺着漏斗滑到了他的手里。父亲投了十几次，他的手中也就有了十几粒花生。然后，父亲抓起满满一把花生一下子放到漏斗里面，花生相互挤着，竟一粒也没有掉落下来。

父亲意味深长地说："这个漏斗代表你，假如你每天都能做好一件事，每天你就会有一分收获。可是，当你想把所有的事情都挤到一起来做，反而连一分收获也得不到。"

20 多年过去了，他一直铭记着父亲的教诲：专心做好一件事，你才会有所收获。

★智 慧 感 悟★

我们每个人天生都是一个需要雕琢的璞玉，至于要让自己变成何种式样的美玉，则取决于你自己选择的道路。这是人生的选择，也是命运的抉择。

不要为别人的目光改变

一个对生活感到迷惑的学生，一次在心理学教授罗尔斯下课后，找到了他，并询问这样一个"难题"："教授，有的男孩觉得我内向沉静，他们很欣赏我。但另外一些男孩则认为我应该更热情、活泼些，您说我如何做才好呢？"

于是，罗尔斯教授向她讲了一个这样的故事：

从前，在夏威夷有一对双胞胎王子。有一天，国王想为大儿子娶媳妇了，便问他喜欢怎样的女性。

大王子回答："我喜欢瘦的女孩子。"

知道了这消息的岛上年轻女性想："如果顺利的话，或许能攀上枝头做凤凰。"于是，大家争先恐后地开始减肥。

不知不觉，岛上几乎没有胖的女性了。不仅如此，因为女孩子一碰面就竞相比较谁更苗条，所以甚至出现了因为营养不良而得重病的情况。

后来却出现了意外的情况。大王子因为生病一下子就过世了，于是，决定由其弟弟来继承王位。

于是，国王又想为小王子娶媳妇，便问他同样的问题。"现在女孩都太瘦弱了，而我比较喜欢丰满的女性。"小王子说。

知道消息的岛上年轻女性，开始竞相大吃特吃。于是，岛上几乎没有瘦的女性了，岛上的食物也被吃得匮乏，甚至连为预防饥荒的粮食也几乎被吃光了。

最后，王子所选的新娘，却是一位不胖不瘦的女性。

王子的理由是："不胖也不瘦的女性，更显青春和健康。"

智慧感悟

不同的人在面对同一件事物时，往往会发出不同的感慨，持有相异的观点；有时同一个人关于同一事件的观点，也会因时间的推移而变化。如果我们想用追随他人的喜好的方法来讨好他们的话，那是一件多么辛苦的事情啊，因为我们不可能让所有人都喜欢。人生来就有差异，喜好、兴趣、性格等也由此不同，唯有"以不变应万变"才是最佳的生存方法。

第二章

克服人性的弱点

> 认识自身的缺点，是一个人最高智慧的表现。
>
> ——罗休夫柯
>
> 聪明的人只要能认识自己，便什么也不会失去。
>
> ——尼采

多疑的阴云

雌雄二鹰居住在一起，秋天到了，它们一起出去采摘果实，然后放在窝里。

时间一长，果子就干了，本来满满一窝的果子就只剩下了半窝。雄鹰就责怪雌鹰说："我们采摘果子那么辛苦，现在却不明不白地少了半窝，一定是你偷吃了！"

雌鹰申辩道："我没有偷吃，果子是自己少的！"

雄鹰说："果子又没有长翅膀，难道会自己飞走？你偷吃了，竟然还不承认，我真是认错了你！"说完就啄死了雌鹰。

过了几天，下起了大雨，雨水把窝里的果子一泡，果子又变成了满满一窝。雄鹰一看，才知道自己冤枉了雌鹰，可是已经没有办法进行挽救了。

★智慧感悟★

多疑的个性不仅会害人还会害己，在社会交往中互相信任能产生无穷的力量。但若是人与人之间不再有信任，而只留猜疑的话，那么势必会导致一场关于诚信的危机。人类的一切交往都建立在互相信赖的基础上，没有它，我们的友谊大厦、人际大厦都要倾覆。

以貌取人缺少雅量

　　亚历山大大帝骑马旅行到俄国西部。一天，他来到一家乡镇小客栈。为进一步了解民情，他决定徒步旅行。当他穿着没有任何军衔标志的平纹布衣走到一个三岔路口时，记不清回客栈的路了。

　　亚历山大无意中看见有个军人站在一家旅馆门口，于是他走上去问道："朋友，你能告诉我去客栈的路吗？"

　　那军人叼着一只大烟斗，头一扭，把这身着平纹布衣的旅行者上下打量一番，傲慢地答道："朝右走！"

　　"谢谢！"大帝又问道："请问离客栈还有多远？"

　　"1英里。"那军人生硬地说，并瞥了陌生人一眼。

　　大帝抽身道别，刚走出几步又停住了，回来微笑着说："请原谅，我可以再问你一个问题吗？如果你允许我问的话，请问你的军衔是什么？"

　　军人猛吸了一口烟说："猜嘛。"

　　大帝风趣地说："中尉！"

　　那烟鬼的嘴唇动了动，意思是说不止中尉。

　　"上尉！"

　　烟鬼摆出一副很了不起的样子说：

　　"还要高些。"

　　"那么，你是少校？"

　　"是的！"他高傲地回答。

　　于是，大帝敬佩地向他敬了礼。

　　少校转过身来摆出对下级说话的高贵神气，问道："假如你不介意，请问你是什么官？"

　　大帝乐呵呵地回答："你猜！"

　　"中尉？"大帝摇头说，"不是。"

"上尉?"

"也不是!"

少校走近仔细看了看说:"那么你也是少校?"

大帝静静地说:"继续猜!"

少校取下烟斗,那副高贵的神情一下子消失了。他用十分尊敬的语气低声说:"那么,你是部长或将军?"

"快猜着了。"大帝说。

"殿……殿下是陆军元帅吗?"少校结结巴巴地说。

大帝说:"我的少校,再猜一次吧!"

"皇帝陛下!"少校的烟斗从手中一下掉到了地上,猛地跪在大帝面前,忙不迭地喊道:"陛下,饶恕我!陛下,饶恕我!"

"饶你什么,朋友?"大帝笑着说,"你没伤害我。我向你问路,你告诉了我,我还应该谢谢你呢!"

★✦智慧感悟✦★

人不可貌相,海水不可斗量。在人际交往中,千万不要以貌取人。也许被你轻视的对象正是日后能帮助你的人,多个朋友总比多个敌人好。在这方面,要数伟大的总统林肯先生做得最好。林肯一生谦恭、幽默,这为他日后的成功奠定了深厚的基础。

凡事追随理智指引

朋友跑到哲人那儿,神神秘秘地说:"我有一个消息要告诉你……"

"等一等,"哲人打断了他的话,"你要告诉我的消息,确实是真的吗?"

"不知道,我是从街上听来的。"朋友老实回答。

哲人接着说："你要告诉我的消息就算不是真实的，也应该是善意的吧。"

朋友犹豫了一下才说："不，刚好相反……"

哲人又问："那么我再问一句，这个让你如此激动的消息很重要吗？"

"并不怎么重要。"朋友不好意思地回答。

哲人说："既然你要告诉我的事，既不真实，也非善意，更不重要，那么就请你别说了吧！因为这样的事情，只会浪费我们的精力。"

智慧感悟

野兽受直觉的指导，常人受经验的指导，而智者受理智的指导。一些人总是喜欢对道听途说的事情津津乐道，这些事情无关紧要，仅仅是无聊的谈资而已。而聪明的人是不会把自己的时间和精力浪费在这上面的，他们总是把自己有限的生命投入到对成功无止境的追寻中去。做最需要做的事情，这才是最重要的。

唯一恐惧的是恐惧本身

有一间老房子，大家都说屋内经常有恶鬼出现，因此人人畏惧，都不敢到那里面住宿。

有一个人，自称胆子很大，他对旁人说："我要进入这间房子寄宿一晚。"于是，他就进去住了。

有一个人，自称胆子比前一个人还大，他也听说这间老房子常出现恶鬼，为了证明他胆大，也要进去住宿。

于是，后者推门准备进去，这时前者以为推门的人是鬼，就用力把门堵住，不让后者进去。后者感觉有东西堵住门，也认为屋里有鬼。两人一推一堵，相持不下，一直搏斗到天亮。等到彼此看清楚了，才知道根本没有鬼。

这真是"人吓人，吓死人"。

大家都没见过鬼，根本不知道他可不可怕，其实最可怕的是大家心中对鬼的"恐惧"。"恐惧"本身才最可怕。

★☆★☆★☆★☆★
智慧感悟
★☆★☆★☆★☆★

美国总统罗斯福曾说："唯一值得恐惧的是恐惧本身。"人们内心的惶恐往往会让事情愈演愈烈。要知道绝大多数的事并不复杂、艰难，让事情复杂的是人的心理。

想当孔雀的乌鸦

有一只高傲的乌鸦非常瞧不起自己的同伴。它到处寻找孔雀的羽毛，一根一根地藏起来。等搜集得差不多了，它就把这些孔雀的羽毛插在自己乌黑的身上，直至将自己打扮得五彩缤纷，看起来真有点像孔雀为止。然后，它离开乌鸦的队伍，混到孔雀群中。但当孔雀们看到这位新同伴时，立即注意到这位来客穿着它们的衣服，忸忸怩怩、装腔作势，大伙都气愤极了。它们扯去乌鸦所有的假羽毛，拼命地啄它、扯它，直揍得它头破血流，痛得昏死在地。

乌鸦苏醒后，不知该怎么办才好。它再也不好意思回到乌鸦同伴中去。想当初，自己插着孔雀羽毛、神气活现的时候，是怎么也看不起自己的同伴的啊！

最后，它终于决定还是老老实实地回到同伴们那儿去。有一只乌鸦问它："请告诉我，你瞧不起自己的同伴，拼命想抬高自己，你可知道害羞？要是你老老实实地穿着这件天赐的黑衣服，如今也不至于受这么大的痛苦和侮辱了。当人家扒下你那伪装的外衣时，你不觉得难为情吗？"说完，谁也不理睬它，大伙一起高高飞走了。

地面上，那只梦想当孔雀的乌鸦被孤零零地留下了。

★★★★★★★★★★
智慧感悟
★★★★★★★★★★

莎士比亚说："轻浮的虚荣是一个十足的饕餮者，它在吞噬一切之后，结果必然牺牲在自己的贪欲之下。"虚荣是一件无聊的骗人的东西，我们要时时提醒自己远离虚荣，以免被它撞得头破血流。

贪婪即愚蠢

有这样一个关于狐狸和狼的寓言。

狐狸和狼是死对头，在动物王国中，它们一直在明争暗斗，渴望更高的位置和权力。但是狼比狐狸走运，狼被提拔了，而狐狸什么也没得到。

怎样除掉狼呢？狐狸冥思苦想，终于想出一条计策。

狐狸去拜见狼，诚恳地说："狼大哥，过去我有对不起你的地方，是我错了，你一定要原谅我呀。"

狼见狐狸登门认错，心里得意，摆出大仁大义的样子说："没什么，过去的事情别提了，咱们团结一致向前看。"狐狸与狼倾心长谈，并积极为狼出谋划策，临走时，非要留下点小礼品不可。狼觉得也不能太不给狐狸面子，就收下了，反正狐狸也没有什么要求。

狐狸隔三岔五就经常来走动，每次来都带些礼品，不轻不重，狼渐渐地也就习以为常了。

有一大，狐狸对狼说："现在羊和猪在争一块草地，羊跟我关系不错，你看能不能帮羊说句话？"

这件事狼是知道的，不是什么大事，就替狐狸办了，之后狐狸拿了更多的礼品来感谢。

长此以往，狐狸求狼办的事也越来越多，当然礼品也越来越多，不知不觉中，超过原则的范围也越来越远。

终于有一次，狐狸让狼办一件很危险的事，许诺事成之后定有重谢，狼不干。狐狸取出一个小本，上面记着狼每次受贿的时间、事由等，各种证据俱全，这些就足以毁掉狼的前程。不得已，狼答应再帮这一次忙，下不为例。

没有下一次了，狼东窗事发，将在狱中度过自己的余生。

★★★ 智慧感悟 ★★★

贪婪即愚蠢。

人应当是理性的动物，不能任由自己的内心欲望膨胀。欲壑难填，一旦放纵自己在欲海中沉沦，就等于放弃了求生与上岸的机会。人，应当节制自己的不正当欲念。

自知者明

有两只老鼠，一只居住在图书馆里，另一只居住在粮仓里。

有一天它们两个相遇了。图书馆里的老鼠摆出一副学者的架子，傲气十足地对粮仓里的老鼠说："可怜的家伙，为了填饱肚子，你们甘愿住在干燥、憋闷的谷仓里。那里除了稻谷之外什么也没有。可想而知，只有物质满足、缺乏精神享受的生活该有多么乏味啊！图书馆里是多么安静啊，不论是莎士比亚，还是马克·吐温我都能见到。"

"这么说，您一定是位知识渊博的学者。"粮仓里的老鼠虔诚地说道。

"那当然，每本书的一字一句我都要细细咀嚼，一页页装进肚子里。"

"这太好了，我正有一事需要请您这样知识渊博的老兄帮忙。"

说完，粮仓里的老鼠把图书馆里的老鼠带到一座粮仓里，指着墙角的一个瓶子说："您认得字，请看看这标签上写的是'香麻油'还是'灭鼠药'？"图书馆里的老鼠根本不认识字，看见标签上三个黑乎乎的大字，是"香麻油"还是"灭鼠药"？就在它进退两难之时，有一股香油味从瓶口飘出，于是，它就凭直觉猜测："这是香油。"

"真的？您看清楚了吗？"

"没错，不信，我先喝给你看。"为了证明自己博学多才，同时也是为了一饱口福，图书馆里的老鼠扳倒瓶子就喝了起来。谁知只喝了几口，就浑身抽搐，不久，便四腿一蹬，死了。

粮仓里的老鼠这才知道，瓶子上写的分明是"灭鼠药"。

智慧感悟

我们应该坦诚承认自己的无知，不论是教授、学者还是学生。坦诚地承认无知也是一种智慧。如果非要不懂装懂，最终只会将自己逼上绝路。自我认识也是一种情商智慧，老子云："知人者智，自知者明。"只有能正确认识自我的人才能明白、清晰地度过一生。

盲目的代价

一只美丽的蝴蝶在朦胧的暮色中飞来飞去，尽情地享受着傍晚的清凉。突然，远处的一座房子里透出了一点闪亮的灯光，爱玩的蝴蝶旋即飞过去想看个究竟。当它飞进房子里的时候，看见窗台上亮着一盏油灯，灯光就是从油灯那燃烧的火焰上发出来的。蝴蝶一边好奇地打量着油灯，一边绕着油灯上下飞舞着，它觉得这陌生的东西真是漂亮迷人。

单是欣赏还不够，蝴蝶决定要跟刺眼的火花认识一下，还要和它一起游戏，就像平时在公园里坐在花瓣上荡秋千似的。

它转过身子，朝着灯焰直飞了过去。突然，蝴蝶觉得身上一阵剧烈的刺痛，而且有一股气流把它向上推去。心惊肉跳的蝴蝶赶紧在小油灯旁停了下来，它吃惊地发现：自己的一条腿不见了，那漂亮的翅膀也被烧了一个很大的洞。

"怎么会发生这样的事呢？"蝴蝶莫名其妙地问自己。它左思右想，一时找不到答案。它压根就不会相信，如此漂亮迷人的火花会给它带来灾难。

蝴蝶从震惊中渐渐地清醒过来，它主观地断定灯光是绝对不会伤害自己的。它决心要和灯光交个朋友，好好地同它玩一玩。主意已定，蝴蝶就忍着剧痛，重新振翅飞了起来。

它围绕着油灯飞了好几个来回，始终觉得灯光丝毫也没有伤害自己的意思。于是，它放心大胆地向灯焰扑了过去，想在它上面荡秋千。谁知它一飞到火焰中，立即就跌进了油灯里。

"你太无情，太残酷了。"蝴蝶有气无力地对油灯说，"我看你是那样的迷人，一心想和你交个朋友，没想到你却是如此险恶狠毒。可惜我觉悟得太晚了，我为自己的愚蠢付出了代价！"

"可怜的蝴蝶！"油灯回答说，"不是我残酷无情，而是你自己太幼稚天真了，你把我当成了洒满月光的花朵，这难道是我的过错吗？我的使命是给人们带来光明，但是谁如果不了解我，不懂得谨慎地使用我，就会被我的火焰烧伤。"

★★★**智 慧 感 悟**★★★

人是理性的产物，所以应当让理智来主宰我们的生活，而不能让感性与主观牵着鼻子走。

理性往往与智慧同行，愚蠢则和盲目常相伴随。盲目的代价就是付出鲜血与眼泪，甚至宝贵的生命。

谎言引发的屠杀

1946 年 7 月 4 日，德国法西斯已经灭亡了一年零两个月。这一天，离华沙170公里的凯尔采市几百名群情激奋的市民冲上街头，见犹太人就打、就捉，有的犹太人被捉到帕兰蒂大街7号的一幢房子里被活活打死。这场屠杀从早上10时持续到下午4时，有42人被杀害，其中2人是被误认为是犹太人而被打死的。

说来令人难以置信，这次屠杀竟是由于小孩说谎而引起的。赫里安，波兰一个鞋匠的孩子，当时他和父母从20公里外的乡村搬到凯尔采市，住了才几个星期，对城里的生活很不习惯。7月1日，他偷偷搭车回到乡村小朋友之中，3天后他又溜回城里。

见儿子回来，父亲拿起鞭子就揍他："你这顽皮鬼，这几天跑到哪儿去了？是不是给犹太人拐去了？"孩子见爸爸凶神恶煞，害怕了，于是顺水推舟地"承认"了这几天是被犹太人拐去，还谎称犹太人把他拐到帕兰蒂大街7号的一个地窖里虐待他。

第二天上午，愤怒的父亲到警察局去报案。在回家的路上，很多路人好奇地问父子俩发生了什么事，父子俩绘声绘色地说赫里安被犹太人拐去折磨了几天。当时，虽然"二战"已结束了，但德国法西斯的排犹思潮阴云未散。几个群众听信了谎言，异常愤怒，声言要对犹太人报复，而捏造的"事实"在几小时内一传十，十传百，越传越走样（甚至传说赫里安被犹太人杀害了）。于是酿成了这一天对犹太人的屠杀惨剧。

如今赫里安已经是个老人了，每当他回想起这段历史，就有一种负罪感。帕兰蒂大街7号这幢房子如今已重新修葺，改为纪念馆。

★★智　慧　感　悟★★

诚实是一切美德中最为重要的品质，它是灵魂的表白。福楼拜也说过："一个机会可以失而复得，可是一句谎话却驷马难追。"谎言会伤害你的灵魂，让它永世不得安宁。

骄傲大多基于无知

一个圆滚滚的鸟蛋，忽然从灌木丛上的鸟窝里骨碌碌地滚了出来，跌在灌木丛下厚厚的落叶上。居然没有跌破，一切完好如初。

鸟蛋得意了，对着鸟窝大声笑着说："哈哈，我是一只跌不破的鸟蛋！你们谁有我这样的本事，就跳下来比试比试！"

窝里的鸟蛋们听了，一个个探出头来看了一眼，吓得忙缩进头去。

"哼！我早就料到你们没有这个胆量！"地上的鸟蛋神气地向窝里的鸟蛋们大声嘲笑起来。

这只鸟蛋在地上滚来滚去，一会儿滚到一棵小草边，小草连忙仰起身子往后让；一会儿又滚到一株树苗边，树苗也仰着身子，给它让路。

鸟蛋更得意了。它认为自己力大无比、天下无敌。

窝里的鸟蛋们劝告说："伙计，刚才你只是碰到一个偶然的机会，才没有跌破的，不要就此认为自己是个铁蛋。你仍然是一个容易破碎的鸟蛋呀！"

"铁蛋有什么了不起？"鸟蛋仍然挺着肚皮，神气地说，"你们刚才没看到小草和树苗吗？它们对我都要让几分，不敢跟我碰撞，难道这山坡上还有什么我不能去碰撞的吗？哈哈！"

鸟蛋一阵大笑，蹦跳翻滚，谁知被山坡上一块小石头挡住了去路。

鸟蛋气愤地望了小石头一眼，厉声喝道："你是什么东西？居然敢挡我鸟蛋的去路？"

小石头昂着头说："嘿，今天的太阳是从西边出来的吗？一个鸟蛋对我也如此神气起来？告诉你吧，我是一块阻挡山坡上泥沙往下滑的小石头，这里是我的岗位，我站在这里是绝不会后退一步的！"

鸟蛋更气愤了："你知道我的脾气吗？我是一个勇气十足的鸟蛋，在这山坡上是颇有名气的。小草和树苗都已经领教过我的厉害，别人怕你小石头，我可不怕。"

小石头也生起气来，大声说："你还想打架吗？别不知天高地厚了，快滚回去吧!"

鸟蛋为了显示它的勇气，鼓足气，猛地一滚，向小石头冲去。只听到"啪"的一声，鸟蛋碰得粉碎。

★智慧感悟★

莱辛说过："我们的骄傲多半是基于我们的无知。"自以为是是我们天生的弊病，如果不加控制，我们会因此一天天堕落下去，最终丧失自己，毁掉一生。

孤芳自赏势必孤立无援

安德森是个非常优秀的青年，头脑一向很聪明，在哈佛大学里是令人羡慕的"学习尖子"。或许正是因为他太优秀了，所以其他人在他眼里就不值得一提。

他是一个特立独行的人，时时感到自己是"鹤立鸡群"。不仅周围的同学他看不上眼，而且连一些教授他也不放在心上，因为他们讲的课程对安德森来说实在太简单了。

学业上的优秀使安德森逐渐形成了一种心理优越感，因而在人际交往上常常变得极为挑剔，容不得别人出一点毛病。一次，有位同学向他借了一本书，书还回来时弄破了一点，虽然那位同学一再向他表示道歉，但安德森仍然无法原谅他。尽管碍于面子，他当时什么话也没说，然而从那以后他再也不愿理睬那个借书的同学了。

渐渐地，安德森成了其他同学眼中的"怪人"，大家不敢再和他交往，甚至不愿意和他交往。当然，这种"集体排斥"并没阻碍安德森在学习上的成功。

安德森的功课门门都很优秀，年年都能获得奖学金，还曾代表学校参加过国际性竞赛并获得了奖项。许多老师和学生都一致认为，他是一个难得的"天才"。

数年寒窗苦读后，安德森以优异的成绩毕业，顺利进入一家待遇优厚的大公司。他心中对未来充满了憧憬，准备干出一番轰轰烈烈的事业来。

不过，上班后的生活远远不像在学校里那样简单，每天都少不了和上司、同事、客户等各种各样的人打交道。安德森对此感到十分厌烦。原因在于，他在与人交往时仍然抱着那种挑剔的心理，一旦与人接触就对他人的弱点非常敏感。

毕竟，安德森太优秀了，很少有人能够和他相提并论。他对别人的挑剔越来越严重，逐渐发展成对他人的厌恶。他讨厌那些平庸的同事、低能的上司，有时甚至说不清对方有什么具体的缺陷，但他就是感觉不对劲。

长此以往，安德森与周围的人关系搞得很紧张，彼此都感到很别扭。经常与同事闹得不可开交，也往往因一些微不足道的小事而与上司发生口角。

终于有一天，安德森彻底变成了一个无人理睬的闲人了。尽管他确实很有才能，但上司不再派给他任何任务，同事们也像躲避瘟疫一样远离他，在走投无路之际，他被迫写了一份辞职书，结果马上得到了批准。

随后，安德森又到别处应聘，可是一连换了四五家单位，竟然没有一个令他感到满意。这位原本前途远大的青年，心情变得越来越苦闷，日益形单影只。在巨大的痛苦煎熬下，他的精神逐渐崩溃，最后被送入了一家精神医院。

★☆ 智慧感悟 ☆★

哪怕你是最优秀的学生，哪怕你的优秀让所有人敬畏，但是如果你胸襟狭窄、习惯怪癖、对人挑剔，最后你的"优秀"也会把你送上一条不归路。

优秀本身是件好事，但一个人若孤芳自赏，不会与他人沟通、协作，势必会导致势单力孤。而不懂和他人相处艺术的人，其实也算不上真正的优秀。

丧失自信就萎靡了希望

1985 年，他从一个仅有 20 多万人口的北方小城考进了北京的大学。上学的第一天，与他邻桌的女同学第一句话就问他："你从哪里来？"而这个问题正是他最忌讳的，因为在他的逻辑里，出生于小城，就意味着小家子气，没见过世面，肯定被那些来自大城市的同学瞧不起。

就因为这个女同学的问话，使他一个学期都不敢和同班的女同学说话，以致一个学期结束的时候，很多同班的女同学都不认识他！

很长一段时间，自卑的阴影占据着他的心灵。最明显的体现就是每次照相，他都要下意识地戴上一个大墨镜，以掩饰自己的内心。

二十几年前，她也在北京的一所大学里上学。

大部分日子，她也都在疑心、自卑中度过。她疑心同学们会在暗地里嘲笑她，嫌她肥胖的样子太难看。

她不敢穿裙子，不敢上体育课。大学时期结束的时候，她差点儿毕不了业，不是因为功课太差，而是因为她不敢参加体育长跑测试！老师说：只要你跑了，不管多慢，都算你及格。可她就是不跑。她想跟老师解释，她不是在抗拒，而是因为恐慌，恐惧自己肥胖的身体跑起步来一定非常的愚笨，一定会遭到同学们的嘲笑。可是，她连向老师解释的勇气也没有，茫然不知所措，只能傻乎乎地跟着老师走。老师回家做饭去了，她也跟着。最后老师烦了，勉强算她及格。

在最近播出的一个电视晚会上，她对他说："要是那时候我们是同学，可能是永远不会说话的两个人。你会认为，人家是北京城里的姑娘，怎么会瞧得起我呢？我则会想，人家长得那么帅，怎么会瞧得上我呢?"

他,现在是中央电视台著名节目主持人,经常对着全国几亿电视观众侃侃而谈,他主持节目给人印象最深的特点就是从容自信。他的名字叫白岩松。

她,现在也是中央电视台著名节目主持人,而且是第一个完全依靠才气而丝毫没有凭借外貌走上中央电视台主持人岗位的。她的名字叫张越。哦——原来是他们,原来他们也会自卑,原来自卑是可以彻底摆脱的。

★智慧感悟★

有人说,除了人格以外,人生最大的损失莫过于丧失自信心,失去自信,所有的一切事情都将不会再有成功的希望和可能,正如一个没有脊骨的人永远不可能挺起腰来一般。

所以,每个人都要树立自信心,要确信自己是聪明的,是有能力的,相信自己能干好事情,对生活、学习中遇到的困难和挫折,要有坚定的信心,要相信自己能够战胜困难和挫折而获得成功。

第三章

人情练达皆文章

> 品格是一种内在的力量，它的存在能直接发挥作用，而无须借助任何手段。
>
> ——爱默生
>
> 唯有人的品格最经得起风雨。
>
> ——惠特曼

内心的尊重是无价的

一个颇有名望的美国富商在路边散步时，遇到一个衣衫褴褛、形同瘦骨的摆地摊卖旧书的年轻人，在寒风中啃着发霉的面包。有着同样苦难经历的富商顿生一股怜悯之情，便不假思索地将8美元塞到年轻人的手中，然后头也不回地走开了。

没走多远，富商忽然觉得这样做不妥，于是连忙返回来，从地摊上捡了两本旧书，并抱歉地解释说自己忘了取书，希望年轻人不要介意。最后，富商郑重其事地告诉年轻人说："其实，您和我一样都是商人。"

两年之后，富商应邀参加一个商贾云集的慈善募捐会议时，一位西装革履的年轻书商迎了上来，紧握着他的手感激地说："先生，您可能早忘记我了，但我永远也不会忘记您。我一直认为，我这一生只有摆摊乞讨的命运，直到您亲口对我说，我和你一样都是商人，这才使我树立了自尊和自信，从而创造了今天的业绩……"

富商万万也没有想到，两年前一句普通的话竟能使一个自卑的人树立起自尊心，一个穷困潦倒的人找回自信心。

不难想象，这位富商当初即使给年轻人很多钱，没有那一句尊重鼓励的话，年轻人也断不会出现人生的剧变，这就是尊重的力量。

法国著名的将军狄龙在他的回忆录中，曾讲过这样一件事：

"一战"期间的一次恶战，狄龙带领第80步兵团进攻一个城堡，但遭到了敌人顽强的抵抗，步兵团被对方压住无法前行。狄龙情急之下大声对他的部下说："谁设法炸毁城堡，谁就能得到1000法郎。"

狄龙认为士兵们肯定会前仆后继，但是没有一位士兵敢冲向城堡。狄龙恼怒异常，大声责骂部下懦弱，有辱法兰西国家的军威。

一位军士长听罢，大声对狄龙说："长官，要是你不提悬赏，全体士兵都会发起冲锋。"

狄龙听罢，转而发出另外一个命令："全体士兵，为了法兰西，前进！"

结果，整个步兵团从掩体里冲出来，最后，全团 1194 名士兵只有 90 人生还。

对于一个军人，如果用金钱驱使他们作战，这对他们而言是奇耻大辱。在他们看来，他们的尊严受到尊重比生命还重要。尊重的力量，在关键时刻起到了决定性的作用。

☆☆☆ 智 慧 感 悟 ☆☆☆

人生而平等。梭罗曾告诫我们：金钱能买到房屋、漂亮的服饰，却买不到他人的敬重与内心的宁静。人与人之间应该多一些谦逊与尊重，少一点矫情与虚伪。

信任抚平伤痕

在一个小镇上，有一个出名的地痞叫布鲁姆，他整日游手好闲，酗酒闹事，人们见到他唯恐躲避不及。一天，他醉酒后失手打死了前来上门讨债的债主，被判刑入狱。

入狱后的布鲁姆，对以往的言行深深感到懊悔。有一次，他成功地协助监狱制止了犯人的集体越狱出逃，获得减刑的机会。

布鲁姆从监狱中出来后，回到小镇上重新做人。他先是找地方打工赚钱，结果全被对方拒绝。这些老板全部遭受过布鲁姆的敲诈，谁也不要他这种人。食不果腹的布鲁姆又来到亲朋好友家借钱，遭到的都是一双双不相信的眼光，他那一点刚充满希望的心，开始滑向失望的边缘。

这时，镇长听说了，就取出了 100 美元，递给布鲁姆，布鲁姆接钱时没有显出过分的激动，他平静地看了镇长一眼后，消失在镇口的小路上。

数年后，布鲁姆从外地归来。他靠100美元起家，努力拼搏，终于成了一个腰缠万贯的富翁，不仅还清了亲朋好友的旧账，还领回一个漂亮的妻子。他来到了镇长的家，恭恭敬敬地捧上了200美元，然后，说道："谢谢您！"

事后，费解的人们问镇长，当初为什么相信布鲁姆日后能够还上100美元，他可是出了名的借款不还的地痞。

镇长笑了笑，说："我从他借钱的眼神中，相信他不会欺骗我，我那样做是让他感受到社会和生活不会对他冷酷和遗弃的。"

一个即将走向极端的人，就这样被镇长的信任拯救了。

★★★★★★★★
智慧感悟
★★★★★★★★

万事万物都处于不断的变化当中，对待一切人事都需要一双灵活的眼睛。信任他人无疑是向别人递上一双友爱的手，而雪中送炭的温暖会令人更加感激。

信任，让我们看见人间的友善、美好，也让人际交往少了一些障碍和顾虑。

人人渴望赞美

在第二次世界大战后期盟军发动的一次大攻势期间，当时的盟军统帅艾森豪威尔（后来成为美国第34任总统），有一天在莱茵河附近散步，遇见一名看来神情沮丧的大兵。

"你还好吗，孩子？"他问道。

"将军，"那年轻人回答，"我烦得要死。"

"那你跟我真是难兄难弟，"艾森豪威尔说，"因为我也很心烦。也许，如果我们一起散散步，对大家都会有好处。"

艾森豪威尔没有打官腔，也没有讲任何的大道理。但这几句话无疑鼓励了那个大兵，同时，他也对大兵讲了自己的故事：

"我曾由于钦仰霍华德·韩德利克斯，决定参加一个他主持的讲习班，他的风格、诚意、才华和信心，都从他所说的每一句话中充分表露了出来。

"他可真是我见过的最出色的教师。

"但不久之后，我泄气了，认为自己永远不可能比得上他。

"有一天，他似乎察觉到了我的心意，或许那也是全班的共同感受。于是，他停止了授课，开始坦诚地对我们说起自己的经历。他平静地叙述他的失败，又说他曾几次想放弃教学生涯。我们听了都不禁笑了起来，但随即就觉得心里很难受和很同情他。我了解到他也是血肉之躯，不是完人，和我们大家没有两样。

"'人生不是百米短跑，'他对我们说，'它是一场马拉松比赛，最后到达终点的通常都是那些像你我那样拖着沉重脚步慢慢奔跑的人。'"

★智慧感悟★

鼓励的话不需要太过华丽，如同古老的哲言所说：一句简单的话，若说得适当，有如银盘中放上金苹果。

"人性最深刻的原则就是希望别人对自己加以赏识。"这是美国著名心理学家威廉·詹姆斯的话。人生总有起伏，在别人失意的时候送去一句鼓励或是一句赞赏的话，往往能温暖人心，给他人以信心和希望。

善于发现他人的闪光点

有一次，心理学家正在街口一家邮局排队寄一封挂号信。心理学家发现那个邮局的职员，对自己的工作感到很不耐烦——称信件、卖邮票、找零钱、发收据，年复一年重复工作。心理学家对自己说："我要使他喜欢我。显然，要使他喜欢我，我必须说一些好听的话，不是关于我自己，而是关于他。"心理学家在思考一个问题："他有什么值得我欣赏的呢？"有时候这是个不容易回答的问题，尤其是当对方是陌生人的时候。

当邮局职员在称心理学家的信件的时候，心理学家却热情地说："我真希望有你这种头发。"

邮局职员抬起头，有点惊讶，面露微笑。

"嗯，不像以前那么好看了！"邮局职员谦虚地说。心理学家对他说，虽然他的头发失去了一点原有的光泽，但仍然很好看。对方高兴极了，他们愉快地谈了起来，而他对心理学家谈的最后一句话是："相当多的人称赞过我的头发。"

★智慧感悟★

对一个人的关注程度不能只是停留在嘴上的泛泛之谈，或者是华丽的言辞上，要从一个细小的方面注意对方身上的闪光点，并毫不吝啬地赞扬对方不一般的地方才是一种真心关注人的表现，这样才能迅速得到别人的友情并成为他的朋友。

占有充分的资源

约翰逊是纽约某大报的记者，他大学一毕业，当了两年兵退伍，然后就顺利地到一家大报社当财经记者，而且任何他要采访的对象，似乎都可以手到擒来。附带一提，由于约翰逊长得很帅，又是大报的记者，所以受到许多美女的青睐。

就在一切都很顺利的时候，约翰逊有一次与公司主管发生冲突，心里觉得很委屈。这时候，突然有一家小型报社想高薪聘请他，而且愿意让他主跑外地新闻线。

约翰逊心想："我在新闻媒体圈才工作了一年，就已经小有名气了。现在有人多出50％的薪水挖我，又让我跑自己喜欢的新闻线，我为什么要留在这里受闷气呢？"于是约翰逊跳槽了。

约翰逊到这家小报社上班采访的第一天，怪事便发生了。原本可以立即顺利邀约采访的明星和大老板，都推说有事，要另外安排时间；而原本安排给自己出书的出版社，也突然推说出版计划受到经济不景气的影响要暂停；甚至那个本来见到他都很和气的豆腐西施，看到他新公司的招牌后，脸孔也换成一副欠她钱的样子。

刹那间，全世界都好像在跟约翰逊作对，变得不认识约翰逊这个人了。当然，约翰逊由于绩效不如预期，也时常遭受新老板的冷眼相对。

约翰逊觉得很郁闷，他不知道自己原来就像一只"狐假虎威"的狐狸，不知道以前别人对他表现的尊重与喜爱，是因为他背后代表的大媒体招牌拥有的舆论力量，而不是因为他本身的专业与人际关系的积累。

★智 慧 感 悟★

有时决定一个人身份和地位的并不是他的才能和价值，而是他背后隐藏的资源。一个人要想取得成功，就必须占有充分的资源。

建立有影响力的圈子

一次在哈佛的市场营销课堂上，老师讲起这么一个有趣的故事。

马尔科姆·福布斯是一个善于利用和名人的关系达到既宣传自己，又获得商业利益的典型人物。

马尔科姆·福布斯在和好莱坞巨星伊丽莎白·泰勒认识之前，已经是杂志出版界里响当当的人物，而他那些乘热气球、骑摩托车及收藏法比杰金蛋、玩具士兵、总统文件等怪异作风，又为他添了不少名气，再加上他那若有若无的同性恋问题，更使得原来清晰的名字被媒介冠以越来越多光怪陆离的名衔。不过，纵然如此，他的知名度如果和超级巨星比较起来，还有一段距离。因为，再怎么有名的杂志大亨，圈外人知道的也还是不多。这就像棒球英雄一样，对不看棒球的人来说，再出名的棒球英雄在他面前也只是无名小卒。

到底怎样才能提高知名度呢？那就是利用名人的关系，借用名人的名声。伊丽莎白·泰勒曾两次荣获奥斯卡提名奖，因担任《埃及艳后》主角而被世人尊称为"埃及艳后"，而她本人也被称为"好莱坞的常青树"。

马尔科姆与伊丽莎白·泰勒凑在一起是缘于一次商业合作。

泰勒为了推销新上市的"热情"香水，想找一个名声响亮而品位高雅的百万富翁帮忙。而马尔科姆似乎很符合这个标准，马尔科姆本人对此似乎也乐此不疲。

这对马尔科姆来讲简直就是天上掉下来的一个扩大知名度的绝佳机会。

"做这个国际巨星的护花使者，就如同往银行里存钱一样。"

马尔科姆为自己大出风头的时机即将到来而内心雀跃不已。虽然在场的镁光灯全都把目标对准泰勒，但只要和泰勒站在一起，还愁自己不成为全世界瞩目的焦点吗？

从此，马尔科姆便和泰勒搅在一起，马尔科姆也从此抓住伊丽莎白·泰勒不放。

"我做什么都是享受人生，扩展事业。"马尔科姆表示他与泰勒出双入对可以达到目的。

虽然马尔科姆经常表示他和泰勒无意结婚，但同时也经常作出一些小动作，让外界保持对他们的浪漫的幻想。

还有一次，《新闻周刊》的记者采访马尔科姆，提到有传言他向泰勒求婚。马尔科姆笑着回答说那只是空穴来风，不过他并没有否认他们之间的罗曼史。

但不管怎么说，马尔科姆借助这种与名人的友谊所产生的经济效益的确越来越高。很多从不涉足商界的人因为伊丽莎白·泰勒而知道了马尔科姆·福布斯。马尔科姆的名声像滚雪球一样越滚越大。

马尔科姆为伊丽莎白·泰勒和她所致力的艾滋病防治运动投入了不少时间和金钱，在他70岁寿诞时，他要连本带利地回收了。

1987年，马尔科姆为庆祝70岁大寿在摩洛哥皇宫举办了又一场晚宴。这次宴会总共有800多名工商巨子和政客显贵参加，包括记者在内的来客，所有的交通费用都由《福布斯》承担。出席宴会的名人大致可分为两类：一类是家喻户晓的明星级人物，如巴巴拉·华特丝、亨利·基辛格、李·艾柯卡以及来自石油世家的哥登·盖堤、大都会传播企业的克鲁吉、英国出版王国的麦克斯韦尔、英国企业界霸主詹姆斯·高史密斯等；另一类贵宾则是《福布斯》出版企业的衣食父母，包括美国信托公司的丹尼尔、20世纪福斯特公司的巴端·泰勒、国际纸业的乔吉斯、西屋公司的马如斯、丰田公司的东乡原、福特公司的哈洛·波林、通用公司的罗杰·史密斯等。

这些世界上响当当的大人物，可以说是马尔科姆最宝贵的收藏品。他们的出现，不断为马尔科姆带来名望和利润。

★☆★☆★☆★☆★☆★
智慧感悟
★☆★☆★☆★☆★☆★

一个人想在某些圈子里成名并不难，但是，如果想在很多圈子里声名远播可就棘手了。因此，不少富人都借助机会炒作自己，因为他们知道——名气也可以带来财富；而和名人结交，也会使自己成为名人。

辩证地借鉴他人的经验

儿子要坐火车去伦敦。临行前，父亲郑重地告诉他一些旅行的经验。

"你上了火车后，先选一个位置坐下，不要东张西望。"父亲告诉儿子，"火车开动以后，会有两个穿制服的人走来问你是否要车票，小心他们是骗子。"

"是的，父亲。"儿子点了点头。

"你在途中，会有一个青年来到你跟前，敬你一支烟。你就说不会，那烟是上了麻药的。"

"是的，父亲。"儿子点了点头。

"你到餐车去，半路上会有一个漂亮的年轻女子故意和你撞个满怀，差点儿一把抱住你。那女子是个妓女。要是她逗你说话，你就装成聋子。"

"是的，父亲。"儿子不禁有点惊讶。

"我在外边走得很多了，以上并非我无中生有的胡说，就告诉你这些吧！"

"还有一件，"父亲又叮咛道，"晚上睡觉时，把钱从口袋里取出来放在鞋筒里，再把鞋放在枕头底下"。

第二天，儿子坐上了火车。

他遇见两个穿制服的人不是骗子，带麻药烟卷的青年没有出现，漂亮女子没碰上，第一晚儿子把钱放在鞋筒里，把鞋放在枕头下，一夜未合眼。可是，到了第二晚他就睡着了。

第二天，他自己请一个年轻人吸烟。在餐车里，他故意坐在一位年轻女子的对面。火车离伦敦还很远，儿子已认识车上的许多旅客了，而客人也都认识他了。

那次旅行对儿子来说是够快乐的。从伦敦回来后，父亲见面问了情况。

"我看得出，你一路没有出什么岔子，你依我的话做了没有？"父亲高兴地问儿子。

"是的，父亲！"儿子还是那样回答。

父亲得意地说道："我很高兴有人因我的经验而得益！"

★☆★☆★☆★☆★
★ 智慧感悟 ★
★☆★☆★☆★☆★

对于别人的经验，我们采取的态度是有选择性地采纳，根据实际情况而定，不能生搬硬套、一味地模仿。正如鲁迅先生所说的一样，实行"拿来主义"：取其精华，去其糟粕。借鉴不是模仿，这才是聪明人不断前进的动力所在。

学会换位思考

有位作家从专卖店买了一套衣服，很快就失望了：衣服褪色，把他衬衣的领子染上了乌七八糟的颜色。他拿着这件衣服来到专卖店，找到卖这件衣服的店员，说了事情的经过。他只是想说说事情的经过，可没想到，店员总是打断他的话："我们卖了几万套这样的衣服，你是第一个找上门来抱怨衣服质量不好的人。"

就在双方吵得正凶的时候，第二个店员走了进来，说："所有深色礼服开始穿时都会褪色。特别是这种价钱的衣服。"

当时作家差点儿气得跳起来，第一个店员怀疑他是否诚实；第二个店员说他买的是二等品。

正在这时，专卖店的经理来了。他很内行，他的做法改变了作家的情绪，使一个被激怒的顾客变成了满意的顾客。经理先是一句话也没讲，听作家把话讲完。然后，又听那两位店员把话讲完，当那两个店员又开始陈述她们的观点时，他开始反驳她们，替作家说话。他不仅指出作家的领子确实是因衣服褪色而弄脏的，而且还强调说专卖店不应当出售使顾客不满意的商品。

后来，他承认他不知道这套衣服为什么出毛病，并直接对作家说："你想怎么处理？我一定遵照你说的办。"

★★★★★★★★★ 智慧感悟 ★★★★★★★★★

想问题不能总是从一个方面去考虑，多从几个方面去想想，站在对方的立场上，分析问题，你能体谅别人，对方也会站在你的立场上考虑，这样一来，问题就很容易解决了。一位老师这样解释人与人之间的关系："人们并不是天生的敌人。人们是全可以做很好的朋友的。但有一点至关重要，那就是学会换位思考。"

信念是一个人的脊梁

"二战"期间，有一个女孩，流亡海外，无依无靠，幸运的是，她能讲一口流利的英语和法语。所以，她被英国特工组织看中，加入了英国的特工队伍。

然而她并不适合特工工作，因为她性情急躁，所有的同事都认为她做间谍，无疑是为敌国送上一座秘密的宝矿。果然，所有的训练过程都对她没有用处。

一次，组织让她拿一份敌国驻军图，送给地下交通员。她到了接头地点后，怎么也想不起接头暗号，情急之下，她索性把地图展开，对着来来往往的人群进行试探："你对这张地图感兴趣吗？"幸运的是，她很快遇上了两位地下交通员，他们扮作精神病人，迅速地掩盖了这个可怕而致命的错误。

不仅如此，她认为越繁华的地段越安全。于是，她自作主张，把秘密电台搬到了巴黎的闹市区，可她不知道，盖世太保的总部就在离她一街之隔的地方。终于在一天夜里，盖世太保们把这个胆大妄为正在发密报的间谍逮捕了。

英国特工组织后悔不已，如果这个天真的姑娘在盖世太保的刑具下，毫无保留地说出一切，那么对在法国的特工组织将是一个重创。出乎意料的是，盖世太保们用尽了种种残酷的刑罚，都无法撬开她的嘴。

"二战"结束后，英国政府追授她乔治勋章和帝国勋章。

这样一个不称职的间谍，获得了英国政府的最高奖赏。对此，官方的解释是：对敌国而言，梦寐以求的是间谍的背叛，这等于无形的巨大宝藏。但这个很笨的女孩，至今都没有吐露一个字。一个人需要技巧和智慧，但最不能缺少的，是原则和信念。这就是一个间谍最本位最出色的地方，所以我们从没怀疑她是一位优秀的间谍。

她的名字叫努尔，曾是一位印度王族的娇贵女儿，现在成了许多人崇拜的偶像。

★☆★ **智慧感悟** ★☆★

原则和信念是人性中最坚强的东西，缺少了它们，人就很难经得起各种打击。原则是一个人的脊梁，没有它，人将会变成一摊肉泥，不成人形。

宽容他人的过错

畅销书作家托尼·希勒获得过美国侦探小说大师奖。在一次讲座上，他给哈佛学子讲了自己第一次去农场打工的亲身经历。

他 14 岁时，英格拉姆先生敲响了他在俄克拉何马的川美英子勒哈特农舍的门。这个佃农住在马路那头大约一英里的地方，想找人帮忙收割一片苜蓿地。这就是托尼第一次得到的有报酬的工作——1 小时 12 美分，要知道这在 1939 年已经很不错了，那时他们还处在经济大萧条时期。

一天，英格拉姆先生发现一辆装有西瓜的卡车陷在自家的瓜地中。显然，有人想偷走这些西瓜。

英格拉姆先生说车主很快就会回来的，让托尼在那儿看着，长点见识。没过多久，一个在当地因打架和偷窃而臭名昭著的家伙带着他那两个体格粗壮的儿子出现了。他们看起来非常恼怒。

英格拉姆先生却用平静的口吻说道："哎，我想你们要买些西瓜吧？"

那个男人回答前沉默了很久："嗯，我想是的。你要多少钱一个？"

"25 美分一个。"

"好吧，你帮我把车弄出来的话，我看这价格还算合适。"

这成了他们夏天里最大的一笔买卖，而且还避免了一场危险的暴力事件。等他们走后，英格拉姆先生笑着对他说："孩子，如果不宽恕敌人，就会失去朋友。"

几年以后，英格拉姆先生去世了，但托尼永远忘不了他，也忘不了第一次打工时他教给自己的东西。

★★★★★★★★★★
★ **智慧感悟** ★
★★★★★★★★★★

面对别人的过失，当面指责显然会把事情弄糟。那么，如果一个微笑、一句谦语就能使矛盾涣然冰释，何不用温和一点的态度来解决难题呢？

林肯总统是一位人际高手，那是因为他总能以博大的胸怀来宽容他人的错。他以他自身的为人处世原则向每一位成长中的青少年昭示做人的道理。

❤ 用真挚打动别人

一位教授带着自己喜爱的小狗到公园散步，没想到迎面碰到了巡逻的警察，他心中一怔：这次要出麻烦了。

教授不等警察开口就先说："警察先生，你已当场抓住了我，我犯了法没有借口了，上个星期你曾警告过我，再带小狗出来而不戴口罩你就要罚我。"

谁料，警察的反应竟非常温和："哦，我知道，在没有人的时候，谁都忍不住带这么一条小狗出来。"

警察想了一下，又接着说："你已经承认了错误，这很好。这样吧，把小狗带过那小山到我看不见的地方，这事就算了。"

★★★★★ 智慧感悟

人与人之间的交往，往往就体现在一些细小的方面，正是因为这些小的方面，决定了同一件事有不同的反应。故事中的教授看中了这一点，主动而真诚地承认了自己的错误，这一细心的举动使他得到了警察的谅解。

倾听是一种智慧

艾克森是夏蒙见到的最受欢迎的人士之一，他总能受到邀请。经常有人请他参加聚会、共进午餐、担任基瓦尼斯国际或扶轮国际的客座发言人、打高尔夫球或网球。

一天晚上，夏蒙去一个朋友家参加一次小型社交活动。他发现艾克森和一个漂亮的女孩坐在一个角落里。出于好奇，夏蒙远远地看了一段时间。夏蒙发现那位年轻女士一直在说，而艾克森好像一句话也没说。他只是有时笑一笑，点一点头，仅此而已。几小时后，他们起身，谢过男女主人，走了。

第二天，夏蒙见到艾克森时禁不住问道："昨天晚上我在斯旺森家看见你和最迷人的女孩在一起。她好像完全被你吸引住了。你怎么抓住她的注意力的？"

"很简单。"艾克森说，"斯旺森太太把乔瑞介绍给我，我只对她说：'你的皮肤晒得真漂亮，在冬季也这么漂亮，是怎么做的？你去哪儿了？阿卡普尔科还是夏威夷？'

"'夏威夷。'她说，'夏威夷永远都风景如画。'

"'你能把一切都告诉我吗？'我说。

"'当然。'她回答。我们就找了个安静的角落，接下去的两个小时她一直在谈夏威夷。

"今天早晨乔瑞打电话给我，说她很喜欢我陪她。她说很想再见到我，因为我是最有意思的谈伴。但说实话，我整个晚上没说几句话。"

看出艾克森受欢迎的秘诀了吗？很简单，艾克森只是让乔瑞谈自己。他对每个人都这样——对他人说："请告诉我这一切。"这足以让一般人激动好几个小时。人们喜欢艾克森就因为他注意他们。

★★★智慧感悟★★★

虽然倾听别人永无休止的言论并不是令人愉快的事，但是一个真正受欢迎的人，常常把表达的机会让给别人，把自己看作别人倾诉的对象。给别人表达的机会，也是对别人的尊重。

上帝让人类只长一张嘴，却长两只耳朵，就是为了让我们少说多倾听，这是智者的选择。

与人为善的益处

卡内基年轻时深得其上司史考特的信任，当史考特升任总公司的总务时，卡内基也随之到阿鲁那。

史考特手下的员工对他的高升很反感，于是有人就在暗中策划罢工。史考特与卡内基人生地不熟，完全处于孤立无援的境地，眼看着工厂的气氛越来越紧张，全面性的罢工一触即发。

有一天晚上，当卡内基独自在黑暗中走回宿舍时，一位跟踪者突然走近他身边，并压低嗓音说：

"让人看见我跟你走在一起不太好。你可能不记得我了，以前我曾到你匹兹堡的办公室请你帮我找一份打铁的工作。当时你说匹兹堡已不缺员工，也许阿鲁那还有机会，说完你特意为我放下手头的工作，在百忙中给我联络到此地的一份工作。现在我已有一个很不错的职位，与妻儿过着很美满的生活。我之所以会有今天多亏了你，现在我要帮你一把。"于是，此人便把计划下周罢工的工人名单告诉了卡内基。翌晨，卡内基将此事通报给了史考特。史考特立即采取了相应的对策，把签名罢工的名单公布在工厂各角落，再通知那些人去领薪水。工人们一看罢工之事败露，就不再提罢工的事情了。

★智慧感悟★

人与人之间的体贴和帮助是何等可贵，在紧要关头它真可以说是无价之宝。多给他人以好处吧，说不定什么时候它们又会被加倍地回赠到我们的身上。与人为善，乐于助人，必将使你的生活顺风顺水。

你的形象价值百万

戴尔一向很注重形象。他清楚地认识到，商业社会中，一般人是根据一个人的衣着来判断对方的实力的，因此，他首先定做了三套昂贵的西服，然后他又买了一整套最好的衬衫、衣领、领带、吊带等，而这时他的债务已经达到了700美元。

于是，戴尔就开始自己的第一次创业。

每天早上，戴尔都会身穿一套全新的衣服，在同一个时间、同一个街道同某位富裕的出版商"邂逅"。戴尔每天都和他打招呼，并偶尔聊上一两分钟。

这种例行性会面大约进行了一个星期之后，出版商开始主动与戴尔搭话："你看来混得相当不错。"

接着出版商便想知道戴尔从事哪种行业。戴尔身上所表现出来的这种极有成就的气质，再加上每天一套不同的新衣服，已引起了出版商极大的好奇心，这正是戴尔盼望发生的情况。

戴尔于是很轻松地告诉出版商："我正在筹备一份新杂志，打算在近期内争取出版。"

出版商说："我是从事杂志印刷及发行的。也许，我可以帮你的忙。"

这正是戴尔所期待的。

出版商邀请戴尔到他的俱乐部，和他共进午餐，在咖啡和香烟尚未送上桌前，已"说服"了戴尔答应和他签合约，由他负责印刷及发行戴尔的杂志。戴尔甚至"答应"允许他提供资金并不收取任何利息。

印刷杂志所需要的3万美元资金和购买衣物的700美元都是通过戴尔的形象换来的。

★ 智慧感悟

成功的人总有过人之处，且善于处处留心。在生活中，他们仔细留心影响自己形象和品牌的事情，身边的每一件小事，对于他们来说，都可能蕴藏着相当的机会，他们对什么事情都极其敏感，能够从许多平凡的生活事件中发现很多不一样的视角和机会。

第四章

学会分享，优势生存

将快乐分与他人，快乐将双倍而至；将痛苦诉与他人，痛苦也会减半。

——约翰·肯尼迪

生命本应是一个充满欢愉的旅程，在这样的行程中我们多半是踽踽独行，但总要与人分享你的感受。

——梭罗

雪中送炭胜过一切

小镇上来了一个马戏团。孩子们穿着干净的衣裳手牵着手排在父母身后，等候买票。他们不停地谈论着上演的节目，一脸的兴奋。

终于轮到他们了，父亲高兴地说："请给我3张小孩的、2张大人的票。"售票员说出了价格。

父亲咬了咬嘴唇，小心翼翼地问一句："你刚才说的是多少钱？"售票员于是又报了一次价。

父亲眼里透着痛楚，他实在不忍心告诉身旁兴致勃勃的孩子们：我们的钱不够！

后面排队买票的男士目睹了这一切。

他悄悄地把手伸进口袋，把一张100元的钞票拉出来，让它掉到地上。然后，他捡起钞票，拍拍父亲的肩膀说："对不起，先生，你的钱掉了。"

父亲回过头，明白了这是怎么一回事。他眼眶一热，紧紧地握住男士的手："谢谢，先生。谢谢你为我和我的孩子们找回了快乐！"

★智慧感悟★

有很多时候，我们往往会被别人的一句话、一个眼神、一个微笑、一个小小的举动所感动，特别是处在困境中时，更能折射出一个人对另一个人的关怀和同情之心。

腾出一只手给别人

陀思妥耶夫斯基 20 多岁时写了一部中篇小说《穷人》，学工程专业的他怯生生地把稿子投给《祖国纪事》。编辑格利罗维奇和涅克拉索夫傍晚时分开始看这篇稿子，他们看了十多页后，打算再看十多页，然后又打算再看十多页，一个人读累了，另一个人接着读，就这样一直到晨光微露。他们再也无法抑制住激动的心情，顾不得休息，找到陀思妥耶夫斯基的住所，扑过去紧紧把他抱住，眼泪不禁流了下来。涅克拉索夫性格孤僻内向，此刻也无法掩饰自己的感情。他们告诉这个年轻人，这部作品是那么出色，让他不要放弃文学创作。之后，涅克拉索夫和格利罗维奇又把《穷人》拿给著名文艺评论家别林斯基看，并叫喊着："新的果戈理出现了。"别林斯基开始不以为然："你以为果戈理会像蘑菇一样长得那么快呀！"但他读完以后也激动得语无伦次，瞪着陌生的年轻人说："你写的是什么，你了解自己吗？"平静下来以后他对陀思妥耶夫斯基说："你会成为一个伟大的作家。"

陀思妥耶夫斯基作出了反应："我一定要无愧于这种赞扬，多么好的人！多么好的人！这是些了不起的人，我要勤奋，努力成为像他们那样高尚而有才华的人！"后来陀思妥耶夫斯基写出了大量优秀的小说，成为俄国 19 世纪经典作家，被西方现代派奉为鼻祖。

格利罗维奇、涅克拉索夫、别林斯基因各自的成就赢得人们的尊敬，但同样令人们尊敬的是他们"腾出一只手"托举一个陌生人的行动。而且从最初他们就预料到这个年轻人的光芒将盖过自己，但圣洁的他们连想也没想就伸出了自己的手。

"腾出一只手"给别人肯定会牺牲自己的利益，别林斯基等三位伟大的艺术家虽然后来被陀思妥耶夫斯基抢了光芒，但毕竟因陀思妥耶夫斯基的成功而使自己的人格举世皆知。生活中更多的"腾出一只手"者默默无闻，因为不是每一个人都能像陀思妥耶夫斯基那样成为"不再重放的花朵"。然而"腾出一只手"给别人，在于过程，而不在于结果。无论被托举者最后是否平凡，无论能否得到回报，都不影响爱的价值。

★★★★★★★★★★
★ 智慧感悟 ★
★★★★★★★★★★

"腾出一只手"给卑微者——赞扬他们；"腾出一只手"给狂妄者——规劝他们；"腾出一只手"给绝望者——点拨鼓励他们……"我曾'腾出一只手'给别人。"你能面无愧色地说出这句话吗？

狭隘，生命不能承受之重

从前，有两位很虔诚、很要好的教徒，决定一起到遥远的圣山朝圣。两人背上行囊、风尘仆仆地上路，发誓不达圣山朝拜，绝不返家。

两位教徒走啊走，走了两个多星期之后，遇见一位白发年长的圣者。这圣者看到这两位如此虔诚的教徒千里迢迢要前往圣山朝圣，就十分感动地告诉他们："这里距离圣山还有十天的脚程，但是很遗憾，我在这十字路口就要和你们分手了。而在分手前，我要送给你们一个礼物！什么礼物呢？就是你们当中一个人先许愿，他的愿望一定会马上实现；而第二个人，就可以得到那愿望的两倍！"

此时，其中一个教徒心里一想："这太棒了，我已经知道我想要许什么愿，但我不要先讲，因为如果我先许愿，我就吃亏了，他就可以有双倍的礼物！不行！"而另外一个教徒也自忖："我怎么可以先讲，让我的朋友获得加倍的礼物呢？"于是，两位教徒就开始客气起来，"你先讲嘛！""你比较年长，你先许愿吧！""不，应该你先许愿！"两位教徒彼此推来推去，"客套地"推辞一番后，两人就开始不耐烦起来，气氛也变了："你干吗！你先讲啊！""为什么我先讲？我才不要呢！"

两人推到最后，其中一人生气了，大声说道："喂，你真是个不识相、不知好歹的人，你再不许愿的话，我就把你的狗腿打断，把你掐死！"

另外一个人一听，没有想到他的朋友居然变脸，竟然来恐吓自己！于是想，你这么无情无义，我也不必对你太有情有义！我没办法得到的东西，你也休想得到！于是，这一教徒干脆把心一横，狠心地说道："好，我先许愿！我希望我的一只眼睛瞎掉！"

很快地，这位教徒的一个眼睛瞎掉了，而与他同行的好朋友，两只眼睛都瞎掉了！

原本，这是一件十分美好的礼物，可以使两位好朋友互相共享，但是人的狭隘、贪念与嫉妒，左右了自己心中的情绪，所以使得"祝福"变成"诅咒"，使"好友"变成"仇敌"，更是让原来可以"双赢"的事，变成两人瞎眼的"双输"！

同样，有两个重病人，同住在一家大医院的小病房里。房间很小，只有一扇窗子可以看见外面的世界。其中一个人，在他的治疗中，被允许在下午坐在床上一个小时（有仪器从他的肺中抽取液体）。他的床靠着窗，但另外一个人终日都得平躺在床上。

每当下午睡在窗旁的那个人在那一个小时内坐起的时候，他都会描绘窗外的景致给另一个人听：从窗口可以看到公园里的湖。湖内有鸭子和天鹅，孩子们在那儿撒面包片，放模型船，年轻的恋人在树下携手散步，在鲜花盛开、绿草如茵的地方人们玩球嬉戏，后头一排树顶上则是美丽的天空。一个孩子差点儿跌到湖里，一个美丽的女孩穿着漂亮的夏装。

另一个人倾听着，享受每一分钟。他朋友的述说几乎使他感觉到自己亲眼目睹了外面发生的一切。

然而，在一个天气晴朗的午后，他心想：为什么睡在窗边的人可以独享看外头的权利呢？为什么我没有这样的机会？他觉得不是滋味，他越这么想，就越想换位子。他一定得换才行！有天夜里他盯着大花板瞧，另一个人忽然惊醒了，拼命地咳嗽，一直想用手按铃叫护士来。但这个人只是旁观而没有帮忙——尽管他感觉同伴的呼吸已经慢慢停止了。第二天早上，护士来的时候那人已经死了，只能静静地抬走他的尸体。

过了一段时间后，这人开口问，他是否能换到靠窗户的那张床上。他们搬动了他，帮他换位子，使他觉得很舒服。他们走了以后，他用手肘撑起自己，吃力地向窗外望去……窗外只有一堵空白的墙。

★ 智慧感悟 ★

其实，人生多一点儿分享的心态，我们会看到更精彩的风景。许多人的人生之路越走越狭隘，和自己狭隘的心态具有很大的关联。狭隘，生命不能承受之重！狭隘，只会让我们步入生命的低谷，在人性阴暗的"无间道"中经受着炼狱般的痛苦与煎熬，永远得不到阳光与雨露的滋润……

与人分享，让价值最大化

从前，有两个饥饿的人得到了一位长者的恩赐：一根渔竿和一篓鲜活硕大的鱼。一个人要了一篓鱼，另一个要了一根渔竿，于是，他们分道扬镳了。得到鱼的人就在原地用干柴搭起篝火煮起了鱼，他狼吞虎咽，还来不及品出鲜鱼的肉香，转瞬间，连鱼带汤就被他吃了个精光，不久，他便饿死在空空的鱼篓旁。另一个人则提着渔竿继续忍饥挨饿，一步步艰难地向海边走去，可当他已经看到不远处那片蔚蓝色的海洋时，他浑身一点气力也没有了，他也只能眼巴巴地带着无尽的遗憾撒手人寰。

又有两个饥饿的人，他们同样得到了长者恩赐的一根渔竿和一篓鱼。只是他们并没有各奔东西，而是约定共同去找寻大海，他俩每次只煮一条鱼，他们经过长途跋涉，来到了海边。

从此，两个人开始了捕鱼为生的日子，几年后，他们盖起了房子，有了各自的家庭、子女，有了自己建造的渔船，过上了幸福安康的生活。

一位生前经常行善的基督徒见到了上帝，他问上帝天堂和地狱有何区别。于是上帝就让天使带他到天堂和地狱去参观。

到了天堂，在他们面前出现了一张很大的餐桌，桌上摆满了丰盛的佳肴。围着桌子吃饭的人都拿着一把十几尺长的勺子。

不过令人不解的是，这些可爱的人们都在相互喂对面的人吃饭。可以看得出，每个人都吃得很愉快。天堂就是这个样子呀！他心中非常失望。

接着，天使又带他来到地狱参观。出现在他面前的是同样的一桌佳肴，他心中纳闷：天堂怎么和地狱一样呀！天使看出了他的疑惑，就对他说："不用急，你再继续看下去。"

过了一会儿，用餐的时间到了，只见一群骨瘦如柴的人来到桌前入座。每个人手上也都拿着一把十几尺长的勺子。可是由于勺子实在是太长了，每个人都无法把勺子内的饭送到自己口中，这些人都饿得大喊大叫。

★智慧感悟★

比尔·盖茨告诉我们：懂得分享是一种聪明的生存之道。当我们摒弃自私的行为，为别人付出的时候，从某种程度上就是帮助了自己。因为，在这个崇尚合作的世界上，没有一个人能担当全部，一个人价值的体现往往就维系在与别人互助的基础之上。许多时候，与人分享自己所拥有的，我们才能找到自己的位置和方向，也才能使自己的价值最大化。

让心灵的花园永不荒芜

贝尔太太是美国一位有钱的贵妇人，她在亚特兰大城外修了一座花园。花园又大又美，吸引了许多游客，他们毫无顾忌地跑到贝尔太太的花园里游玩。

年轻人在绿草如茵的草坪上跳起了欢快的舞蹈；小孩子扎进花丛中捕捉蝴蝶；老人坐在池塘边垂钓；有人甚至在花园当中支起了帐篷，打算在此度过他们浪漫的盛夏之夜。贝尔太太站在窗前，看着这群快乐得忘乎所以的人们，看着他们在属于她的园子里尽情地唱歌、跳舞、欢笑。她越看越生气，就叫仆人在园门外挂了一块牌子，上面写着：私人花园，未经允许，请勿入内。可是这一点儿也不管用，那些人还是成群结队地走进花园游玩。贝尔太太只好让她的仆人前去阻拦，结果发生了争执，有人竟拆走了花园的篱笆墙。

后来贝尔太太想出了一个绝妙的主意，她让仆人把园门外的那块牌子取下来，换上了一块新牌子，上面写着：欢迎你们来此游玩，为了安全起见，本园的主人特别提醒大家，花园的草丛中有一种毒蛇。如果哪位不慎被蛇咬伤，请在半小时内采取紧急救治措施，否则性命难保。最后告诉大家，离此地最近的一家医院在威尔镇，驱车大约50分钟即到。

这真是一个绝妙的主意，那些贪玩的游客看了这块牌子后，对这座美丽的花园望而却步了。可是几年后，有人再去贝尔太太的花园时，却发现因为园子太大，走动的人太少而真的杂草丛生，毒蛇横行，几乎荒芜了。孤独、寂寞的贝尔太太守着她的大花园，非常怀念那些曾经来她的园子里玩得快乐的游客。

贝尔太太用一块牌子为自己筑了一道特别的"篱笆墙"，随时防范别人的靠近。这道看不见的篱笆墙就是自我封闭。

她得到的后果是什么呢？在封闭自己的同时，也使快乐和幸福远离了自己。打开你自己心灵的篱笆，让阳光进来，让朋友进来，你心灵的花园就永远不会荒芜。

★智慧感悟★

我们每个人心中都有一个美丽的大花园。如果我们愿意让别人在此种植快乐，同时也让这份快乐滋润自己，那么我们心灵的花园就永远不会荒芜。

第五章

学会选择，懂得放弃

对于人生，要知道你永远只能瞄准一个靶心。

——杰斐逊

机会似乎是很诱人的，事实上有很多遥不可及和美好的事物都是骗人的幌子，最好的机会，就在你身旁。

——约翰·巴勒斯

放下就是获得

父亲给孩子带来一则消息，某一知名跨国公司正在招聘计算机网络员，录用后薪水自然是丰厚的，而且这家公司很有发展潜力，近些年新推出的产品在市场上十分走俏。孩子当然是很想应聘的，可在职校培训已近尾声了，要是真的给聘用了，一年的培训就算夭折了，连张结业证书都拿不上。孩子犹豫了。

父亲笑了，说要和孩子做个游戏。他把刚买的两个大西瓜放在孩子面前。让他先抱起一个，然后，要他再抱起另一个。孩子瞪圆了眼，一筹莫展。抱一个已经够沉的了，两个是没法抱住的。

"那你怎么把第二个抱住呢?"父亲追问。

孩子愣神了，还是想不出招来。

父亲叹了口气:"哎，你不能把手上的那个放下来吗?"

孩子似乎缓过神来，是呀，放下一个，不就能抱上另一个了吗?

孩子这么做了。父亲于是提醒:这两个总得放弃一个，才能获得另一个，就看你自己怎么选择了。孩子顿悟，最终选择了应聘，放弃了培训。后来，他如愿以偿地成了那家跨国公司的职员。

★智慧感悟★

放弃的同时也是一种选择。它需要智慧，更需要勇气。我们在作出选择时，也放弃了人生的另一种可能。所以，任何抉择都是需要勇气的。

学会放弃眼前的小利

一个青年非常羡慕一位富翁取得的成就，于是他跑到富翁那里询问他成功的诀窍。

富翁弄清楚了青年的来意后，什么也没有说，只是转身从厨房拿来一个大西瓜。青年有些迷惑不解，不知道富翁要做什么，他只是睁大眼睛看着，只见富翁把西瓜切成了大小不等的三块。

"如果每块西瓜代表一定的利益，你会如何选择呢?"富翁一边说一边把西瓜放在青年面前。

"当然选择最大的那块!"青年毫不犹豫地回答。

富翁笑了笑说:"那好，请用吧!"

于是富翁把最大的那块西瓜递给了青年，自己却吃起了最小的那块。当青年还在津津有味地享用最大的那一块时，富翁已经吃完了最小的那一块。接着，富翁很得意地拿起了剩下的一块，还故意在青年眼前晃了晃，然后又大口吃了起来。

其实，那块最小的和最后那一块加起来要比最大的那一块分量大得多。青年马上就明白了富翁的意思:富翁开始吃的那块瓜虽然没有自己吃的那块大，可是他最后比自己吃得多。

如果每块代表一定程度的利益，那么富翁赢得的利益自然要比自己的多。

吃完西瓜，富翁讲述了自己的成功经历，最后对青年语重心长地说:"要想成功，就要学会放弃，只有放弃眼前小利益，才能获得长远大利益，这就是我的成功之道。"

★智慧感悟★

只有放弃眼前利益，才能获得长远大利——要想成功，就要学会放弃。

青少年朋友应该懂得，为了更好的明天，放弃眼前的小利，只有勇于舍弃的人才是智慧的人。成功者永远是一群善于高瞻远瞩的人。

你这一生真正要什么

一个人在问自己：一个人的一生是什么样的，我的最大心愿又是什么？

那时他还年轻，凡事都有可能，世界就在他的面前。一天清晨，上帝来到他身边："你有什么心愿？说出来，我都可以为你实现，你是我的宠儿。但是记住，你只能说一个。"

"可是，"他不甘心地说，"我有许多的心愿啊。"

上帝缓缓地摇头："这世间的美好实在太多，但生命有限，没有人可以拥有全部，有选择，就得有放弃。来吧，慎重地选择，永不后悔。"

他惊讶地问："我会后悔吗？"

上帝说："谁知道呢？选择爱情就要忍受情感煎熬；选择智慧就意味着痛苦和寂寞；选择财富就有钱财带来的麻烦。这世上有太多的人在走了一条路之后，懊悔自己其实该走另一条道。仔细想一想，你这一生真正要什么？"

他想了又想，所有的渴望都纷至沓来，在他周围飞舞。哪一件是他不能舍弃的呢？最后，他对上帝说："让我想想，让我再想想。"

上帝说："但是要快一点啊，我的孩子。"

从此，他的生活就在不断地比较和权衡中。他用生命中一半的时间来列表，用另一半时间来撕毁这张表，因为他总发现他有遗漏。

一天又一天，一年又一年。他不再年轻了，他老了，他更老了。上帝又到他面前："我的孩子，你还没有决定你的心愿吗？可是你的生命只剩下 5 分钟了。"

"什么?"他惊讶地叫道，"这么多年来，我没有享受过爱情的快乐，没有积累过财富，没有得到过智慧，我想要的一切都没有得到。上帝啊，你怎么能在这个时候带走我的生命呢?"

5分钟后，无论他怎么痛哭求情，上帝还是无奈地带走了他。

★智慧感悟★

要想成功，就必须抓住机会，而把握机会的秘诀则是充分的准备与快速的行动。如果人生是旅程，机会是导游，我们就是旅客，必须随时预备好行李，一旦机会敲门，立即提起行李跟它走。

缺角的圆

有一个圆，被切去了好大一块三角形。它想自己恢复完整，不要任何残缺，因此四处寻找失去的部分。

因为残缺不全，它只能慢慢滚动，所以能在路上欣赏花草树木，还能和毛毛虫聊天，享受阳光。它找到各种不同的碎片，但都不合适，所以都留在路边，继续往前寻找。

有一天，这个残缺不全的圆终于找到一个非常合适的碎片，它很开心地把那块碎片拼上了，开始滚动。

现在它是完整的圆了，能滚得很快，快得使它注意不到路边的花草树木，也不能和毛毛虫聊天。它终于发现滚动太快使它看到的世界好像完全不同了——于是，它便停止了滚动，把补上的碎片丢在路旁，慢慢滚走了。

★智慧感悟★

很多时候，我们不就像这个残缺不全的圆一样滚来滚去吗?人生旅途中，追求完美固然重要，但不完美时，我们才能欣赏到路边的风景。

电影《哈利·波特》中的校长是这样告诉孩子们的："决定我们是谁的，不是我们的能力，而是我们的选择。"人生，不也是如此吗？

麦田里的麦穗

几个学生向苏格拉底请教成功的真谛。苏格拉底把他们带到一片麦田旁边。

"你们各自从林子这头走到那头，每人摘一枚自己认为最大最好的麦穗。不许走回头路，不许做第二次选择。"苏格拉底吩咐道。

学生们出发了，他们都十分认真地做着选择。当他们到达麦田的另一端时，老师已在那里等着他们了。

"你们是否都摘到自己满意的麦穗了？"苏格拉底问。

"老师，让我再选择一次吧。"一个学生请求，"我走进麦田就发现了一个很大很好的麦穗，但是我怕后边还有更大更好的，就没有摘。但是当我走到麦田的尽头时，才发现第一次中意的那枚麦穗就是最大最好的。"

其他学生也纷纷请求再选择一次。

苏格拉底摇摇头："孩子们，成功就是如此，没有第二次选择。"

★智慧感悟★

认准了就去追求，看准了就去做。不要犹豫，不求全部拥有，但求无怨无悔。毕竟，我们在人生命运面前，永远没有第二次选择的机会。

大师的时间管理课

哈佛大学有一位管理大师在台上演讲关于时间管理的课题，一位女士将问题写在便条纸上，交给台上的时间管理大师。

纸上这么写着："我每天上班来回要花费3个小时的车程，虽然有座位可以坐，可是车子摇晃不停，我没办法阅读或是听音乐，虽曾考虑过开车，可是很累。我也无法搬家，而且我热爱这份工作，更不可能离职。那么，我要怎么做才能省下每天浪费掉的3个小时？"

管理大师在台上回复道："学习时间管理，首先要了解你的时间中有哪些是属于可控制性的，而哪些是属于非可控制性的。例如车子摇晃是无法控制的，而自己可以掌控的就是换工作或搬家。"

女士接着说："可是我不想搬家，我又非常热爱这份工作。"

管理大师答道："想和家人共居不想搬家，喜欢工作不想换工作，这些都可以接受。不换工作、不搬家、不想开车，剩下可以改变的就比较少了，你可以试着少睡2个小时，好好利用这段时间，然后在车上补觉。"

那位女士又接着说："我已经习惯了原来的睡眠时间，改变过来会不习惯的。"管理大师说："你每天晚上睡眠充足，第二天在车上发呆生气，又不愿意配合时间的掌控性来做调整，这样怎么能节省时间呢？"

★智 慧 感 悟★

要想获得，就要先舍弃。如果你不能舍弃，就只能忍受。改变不了环境的时候，我们就要尝试着改变自己，学会变通地处理事情，这也是取舍智慧的真经，同时也是非常重要的生存智慧。

格局决定收获

在一个钓鱼池旁边，有一群喜欢钓鱼的人正在垂钓。似乎每个人的运气都很不好，没有一条鱼上钩，因此当其中一位 M 先生钓到一条破纪录的大鱼时，大家都为他喝彩。而这位 M 先生表情非常奇怪，他两手捧着鱼目测鱼的大小后，竟摇着头将鱼放回鱼池里。虽然周围的人都很惊讶，但毕竟这是人家的自由，大家也只好若无其事地继续垂钓。接着，M 先生又钓上一条大鱼，他看了一下又把它放回鱼池里，大家都觉得奇怪。等到第三次 M 先生钓到一条小鱼时，他才露出笑脸并将鱼放进自己的鱼篓里，准备回家。这时有一位老人问他："虽然来这儿钓鱼的人只是为了尽兴，但你的行为令人不可思议。头两次钓上来的大鱼你总是放回水里，而第三次你钓上来的鱼非常小，在任何一个鱼池里都可以钓到，你却非常满意地将它放到鱼篓里，这是为什么呢？"

M 先生回答说："因为我家所有的盘子中，最大的盘子只能放这么大的鱼。"

★★★★★★★★ 智 慧 感 悟 ★★★★★★★★

人常常在不知不觉中，以自己目前仅有的见识来企求自己所希望得到的东西。一个人如果存有自我封闭的思维和观念，目光短浅，毫无努力进取的精神，恐怕很难取得成就。要知道人生仅有一次，若只相信"小盘子"，将会得到一个狭窄的人生。面对人生所谓的"小盘子"，应该立足既有的思维、观念，慢慢将它扩大为大盘子，才能得到更宽广的人生。

投降的绝不能是我

这是一个流传已久的心理较量故事。

在一次新兵入伍欢迎大会上，有一个老兵讲了这样一则故事：在美国内战的时候，老兵十分荣幸地参加了战斗。

战斗进行得异常激烈，但持续时间不长就结束了，老兵端着步枪搜索着残余的敌人。他刚转过一块大岩石，迎面撞上了一个也端着步枪的人。两个人同时将枪口对准了对方的胸膛。要想都保全性命，就必须有一方投降。

双方对峙着，枪口对着枪口，目光对着目光，意志对着意志。当时老兵的大脑中一片空白，他征战沙场多年，却还从来没遇到过这种情况。但此时只有一个信念支撑着他："必须有一方投降，但投降的绝不能是我！"双方僵持了很长时间，老兵眼睁睁看着那个敌人的精神垮掉，最后那个人扔掉了步枪，"扑通"一声跪了下去，连喊饶命。

老兵努力控制自己，才没有晕厥过去。押着敌人见到自己人时，他再也坚持不住了，一屁股跌坐在地上。

老兵的故事讲完了，但这个故事永远刻在了新兵们的脑海里。新兵们在接下来的几年中，不论遭遇多么大的坎坷与挫折，他们总是用老兵的那句话鼓励自己："必须有一方投降，但投降的绝不能是我！"

★ 智慧感悟 ★

生命和希望常相伴随，有时候，两个人的较量实际是意志的较量，坚持下去的一方才是胜者。"狭路相逢勇者胜。"古老的智慧感悟早已向我们昭示出深刻的哲理。

第六章

思路决定出路

> 脑袋里的智慧，就像打火石里的火花一样，不去打它是不肯出来的。
>
> ——莎士比亚
>
> 相信智慧，那你就会永远立于不败之地！
>
> ——约翰·肯尼迪

爱因斯坦的逻辑

课堂上，爱因斯坦问了大家一个问题："两个烟囱工同时从烟囱里爬出，其中一个是干净的，另一个却满身煤灰。请问，他们中间的哪一个会去洗澡？"

一位学生说："当然是那位一身煤灰的工人会去洗澡！"

爱因斯坦说："是吗？请你们注意，干净的工人看见另一位满身煤灰，他觉得从烟囱里爬出来真是肮脏，而另一位看到对方很干净，就不这么想了。我现在再问你们？"

有一位学生兴奋地叫了起来："噢！我知道了！干净的工人看到肮脏的工人时，觉得他自己必定也是很脏的。但是肮脏的工人看到干净的工人时，却觉得自己并不脏啊！一定是那位干净的工人跑去洗澡了。"

大家想了一下，都同意这种说法。

爱因斯坦摇了摇头："错了！他们同时从烟囱里爬出来，怎么可能会一个是干净的，另一个是脏的呢？这就叫作逻辑。"

智慧感悟

将一半时间用于思索，一半时间用于行动，无疑是"天才"的成功之道。不懂得运用思索的人，是难以开掘出丰富的智慧矿藏的；不善于思考的人就不能举一反三、触类旁通，就享受不到创新的乐趣。赢得一切、拥抱成功的关键，在于你能不能积极地思考、持续地思考、科学地思考。

 ## 马克·吐温的妙计

1890 年，美国著名的幽默作家马克·吐温等一行20 多人参加道奇夫人的家宴。

餐厅里气氛融洽，人们有说有笑。不一会儿谈话声越来越响，慢慢地每个人的嗓音越提越高，拼命想叫对方听到，声浪冲击着小小的餐厅。

马克·吐温看着四周每个人拼命喊叫的样子，皱起了眉头：这真像一场骚乱、一次起义，有伤大雅，太不文明了。如果这时候大叫一声，让人们安静，其结果肯定是惹人生气，甚至会不欢而散，怎么办呢？

沉思了片刻，马克·吐温心生一计，便对邻座的一位太太说："我要把这场骚乱压下去，我要让这场吵闹安静下来，法子只有一个——您把头歪到我这边来，做出听得非常起劲的样子，这样，旁边的人因为听不到我的说话，就会想听我的话。我只要如此叽叽咕咕一阵子，你会看到，大声谈话的人会一个个停下来，餐厅便会一片寂静。"

太太会心地笑了，侧过身子，把脑袋歪向他，马克·吐温便耳语起来："11 年前，我到芝加哥去参加欢迎格兰特的庆祝活动时……"

过了一会儿，对面桌上起义般闹哄哄的声音小了下来。人们不知道马克·吐温与那位太太在嘀咕什么，都注视着他们，侧着耳朵想听个究竟。

好奇的人们一对对一双双安静下来。马克·吐温用更轻的声音一本正经地讲下去："在×先生不作声时，坐在我对面的一位先生对他的邻座讲的故事快完了……"

这时，餐厅里一片寂静。马克·吐温的游戏已达到了目的。他见时机已到，便开口说明自己为什么要玩这个游戏，是请他们把应得的教训记在心上，从此要讲些礼节，顾念顾念大家，不要一大伙人高声

尖叫。

大家连连点头，高兴地继续用餐。

面对不能控制的局面，多想一想，思考永远是制胜的法宝。马克·吐温一向以幽默机智见长，了解他的人们都知道他是一个积极思考的人。

马克·吐温的这个小故事让青少年明白了一点：善于运用思考的力量，就没有什么解决不了的难题。

艺术是人性化的体现

世界著名建筑大师格罗培斯设计的迪斯尼乐园，经过了3年的施工，马上就要对外开放了。然而各景点之间的道路该怎样联络还没有具体的方案。施工部打电话给正在法国参加庆典的格罗培斯大师，请他赶快定稿，以便按计划竣工和开放。

格罗培斯大师从事建筑研究40多年，攻克过无数建筑方面的难题，在世界各地留下了70多处精美的杰作。然而建筑中最微不足道的一点小事——路径设计，让他大伤脑筋。对迪斯尼乐园各景点之间的道路安排，他已修改了50多次，还是没有一次能让他满意的。

接到催促电报，他心里更加焦躁。巴黎的庆典一结束，他就让司机驾车带他去了地中海海滨。他想清醒一下，争取在回国前把方案定下来。汽车在法国南部的乡间公路上奔驰，这里是法国著名的葡萄产区，漫山遍野到处是当地农民的葡萄园。一路上他看到人们将无数的葡萄摘下来提到路边，向过往的车辆和行人吆喝，然而很少有人停下来。

当他们的车子进入一个小山谷时，发现在那里停着许多车子。原来这儿是一个无人看管的葡萄园，你只要在路边的箱子里投入 5 法郎就可以摘一篮葡萄上路。据说这座葡萄园主是一位老太太，她因年迈无力料理葡萄园而想出这个办法。起初她还担心这种办法能否卖出葡萄，谁知在这绵延百里的葡萄产区，她的葡萄总是最先卖完。她这种给人自由、任其选择的做法使大师格罗培斯深受启发，他下车摘了一篮葡萄，就让司机掉转车头，立即返回了巴黎。

回到住地，他给施工部发了一封电报：撒上草种，提前开放。施工部按要求在乐园撒了草种，没多久，小草出来了，整个乐园的空地都被绿草覆盖。在迪斯尼乐园提前开放的半年里，草地被踩出许多小道，这些踩出的小道有窄有宽，优雅自然。第二年，格罗培斯让人按这些踩出的痕迹铺设了人行道。1971 年在伦敦国际园林建筑艺术研讨会上，迪斯尼乐园的路径设计被评为世界最佳设计。

当人们问他，为什么会采取这样的方式设计迪斯尼乐园的道路时，格罗培斯说了一句话：艺术是人性化的最高体现。最人性的，就是最好的。

智慧感悟

什么是"最人性的"？就是对生命和万物最尊重的方式，就是让人像人一样生活，让星星像星星那样闪烁，让树像树那样生长。最普通的可能就是最人性的。

然而无论是怎样的艺术设计，都来源于人们对于生活的领悟与思考，艺术来源于生活，又高于生活。

著名作家塞·约翰逊说："最明亮的欢乐火焰大概是由意外的火花点燃的。人生道路上不时散发出芳香的花朵，也是由偶然落下的种子自然生长出来的。"

以英雄的名义

　　"二战"期间，在德军占领的芬兰北部地区出现了一个神秘的抵抗组织，它是由英国飞行员约翰尼领导的。这个抵抗组织多次卓有成效地打击了被占领区的德军，约翰尼也就成了名噪一时的英雄人物。

　　后来，芬兰解放了，盟军开始寻找这个神秘的英雄人物。调查的结果，他们了解到约翰尼于新中国成立前夕就病故了。英国皇家空军在自己的飞行员名单中也没有发现约翰尼其人。但是，他的事迹普遍流传着。当地的抵抗战士谁也没见过约翰尼，只知道他的指令、计划都是由一个名叫安妮的小姑娘传达的。后来盟军找到安妮才弄清了事情的真相。

　　原来，安妮和她的弟弟一直要求参加当地抵抗组织，由于他们年幼未被接纳，但他们的决心一直没有动摇。

　　一天晚上，他们在家门口发现了一个受重伤的英国皇家飞行员，他们觉得护理这位飞行员也是为战争做出一份贡献，所以尽心尽力，关怀备至。但是这个飞行员还是因伤重而去世了。

　　姐弟俩非常伤心，弟弟天真地说："如果飞行员不死，就能领导我们开展抵抗运动了。"

　　姐姐听了弟弟的话，一个主意油然而生："即使他死了，我们仍可利用他的名义开展对敌斗争。"

　　姐弟俩收藏起飞行员的遗物和证件，组织起一个抵抗小组，声称这个抵抗小组是由英国皇家飞行员领导的，他们姐弟俩只不过是飞行员的小交通员。人们见到了飞行员的证件很快相信了确有其人，由于有英国皇家飞行员作为领导，这个抵抗组织的成员越聚越多，团结在这个并不存在的英雄身边。抵抗小组受到了英雄的鼓舞，士气大增。他们多次出击，使得德军频频失利，大伤脑筋。这个抵抗组织就是"约翰尼"抵抗运动。

事实上，这个抵抗组织是由安妮小姑娘所领导的，当盟军问她："你为什么不亲自出面呢?"

安妮笑笑说："我们姐弟只是乡村的孩子，连参加战斗都不被接纳，假如由我们组织抵抗运动，谁会跟我们走呢?"

"于是，你们就借用了英雄的力量来进行号召，对吗?"盟军非常欣赏安妮的做法。

安妮笑得更加爽朗了："这不能算是欺骗行为吧?"

★智慧感悟★

聪明的安妮利用英国皇家飞行员的身份来号召大家参加运动，她的聪明之处在于树立起一个人们都相信的权威，在权威的领导下，一切都变得简单了。当一个人的力量不足以解决问题时，要善于思考，借用外力来达到自己的目的。

找到问题的突破口

一位退休老人买了一栋简朴的住宅，打算在那儿安度晚年。

他住的地方本来很安静，不知从什么时候开始，三个年轻人开始在附近踢所有的垃圾桶。附近的居民深受其害，对他们的恶作剧采用了各种各样的办法，不管是好言相劝，还是威胁恐吓，全都没有作用，等到人一离开，他们又开始踢。邻居们无计可施，也只好听之任之。

这位老人实在受不了他们制造的噪音，再这样生活下去会危及他的健康。

为了改善目前的状况，他出去跟他们谈判："你们几个一定玩得很开心，我年轻的时候也常常做这样的事情。你们能不能帮我一个忙?如果你们每天来踢这些垃圾桶，我每天给你们一元钱。"

这三个年轻人很快就同意了，于是，他们使劲地踢所有的垃圾桶。

过了几天，这位老人愁容满面地去找他们，"通货膨胀减少了我的收入，"他说，"从现在起，我只能给你们每个人五毛钱了。"

这三个年轻人有点不满意，但还是接受了，每天下午继续踢垃圾桶，可是，没有以前那么卖力了，踢得浮皮潦草的。几天后，老人又来找他们。"我最近没有收到养老金支票，所以每天只能给你们两角五分了。成吗？"老人又一次开口了。

"只有两角五分！"一个年轻人大叫道，"你以为我们会为了区区两角五分钱浪费时间，在这里踢垃圾桶？不行，我们不干了！"

从此以后，附近的居民又过上了安静的日子。

★智慧感悟

按常理不能解决问题时，可以让思路转个弯，换一种方法去处理。思考往往能让事情变得简单。毕业于哈佛大学的著名作家梭罗，他告诉我们，智慧的一个特征就是不做莽撞蛮干的事。遇事三思，才能找到问题的出口。

聪明的洛克菲勒家族

"二战"结束后，以美英法为首的战胜国准备在美国纽约成立一个协调处理世界事务的联合国。可是他们发现没钱兴建联合国大厦。

当时，刚刚成立的联合国机构身无分文。如果让世界各国筹资，负面影响太大。况且刚刚经历了"二战"的浩劫，各国政府都财库空虚，甚至许多国家财政赤字居高不下。要在寸金寸土的纽约筹资买下一块地皮，并不是一件容易的事情。联合国对此一筹莫展。

听到这一消息后，美国著名的洛克菲勒家族马上果断出巨资，在纽约买下一块地皮无条件地赠予了联合国。同时，洛克菲勒家族将毗邻这块地皮的大面积地皮全部买下。

对洛克菲勒家族的这一出人意料之举，当时许多美国大财团都吃惊不已，这是一笔不小的数目，洛克菲勒家族却将它赠出了，并且什么条件也没有。大家纷纷嘲笑："这简直是蠢人之举！这样经营不出十年，著名的洛克菲勒家族财团便会沦落为著名的洛克菲勒家族贫民集团！"

但出人意料的是，联合国大楼刚刚建成完工，它四周的地价便立刻飙升起来，相当于捐赠款数十倍、近百倍的巨额财富源源不尽地涌进了洛克菲勒家族财团。这种结局，让那些自以为明智的财团和商人们目瞪口呆。

★☆智慧感悟★☆

对于眼前已经发生了的事情，任何人都分得清轻重，知道去做一些值得做的事情。可要想把握住还未发生的情况，并能从中找到机会，知道哪些事情该做，哪些事情最值得做，这就需要智者的头脑和眼光了。一旦把握住了这样的机会，就把握住了成功，把握住了财富。

戴尔的第一桶金

刚满 19 岁，大学还没有上完的戴尔，靠出售电脑配件赚到了 1000 美元。拿到这笔钱的当天，他在日记中写下了使用这 1000 美元的三种计划：举办一次由所有好朋友参加的盛大酒会；买一辆二手福特轿车；成立一家电脑销售公司。

经过反复思考，戴尔终于否定了前两种方案，尽管它们是那样诱人。第二天，戴尔用这 1000 美元注册了公司，开始代销 IBM 电脑。两年后，他赚到了足够的钱，于是开始自己组装电脑，并推出了自己的品牌。由于可以采用世界上各家电脑公司的配件，各个档次的用户都能满足，戴尔电脑很快成为热销品牌。

如今，戴尔电脑的销售额位居全球第二，利润额位居全球第一。戴尔的个人财富已达214.9亿美元，在全球富翁榜上排名第四，在全球最年轻的6位富翁中，名列第一。

无独有偶，美国铁路大亨詹姆斯·希尔开始创业时，也只有1000美元，而且这1000美元还是从别人手里借来的。有了这1000美元，他首先与人合伙创办了一家经营谷物和肉类的公司，然后开始涉足铁路建筑行业，一步步成为世界超级富豪。

詹姆斯·希尔一直活到89岁。在他晚年的时候，不断有人询问他关于成功的秘密。对于这个问题，他的答案从来都只有一句话：我知道怎样使用1000美元。

智慧感悟

同样是钱，有的人选择消费，有的人选择储蓄，有的人则选择投资，用钱来生钱。

不同的人由于价值取向不同，在对待金钱的态度上也会有所不同，这就造就了各自不同的命运。

如何将手中的钱变为更多的钱，将"利益扩大化"，这是有心人才懂得考虑的问题。

最简单的真理往往最难发现

大学教授看到一本少儿读物上刊载了一个奇特的故事：

从前有三个猎人，两个没带枪，一个不会打枪。他们碰到三只兔子，两只兔子中弹逃走了，一只兔子没中弹，倒下了。

他们提起一只逃走的兔子朝前走，来到一幢没门没窗没屋顶也没有墙壁的屋子跟前，叫出房屋主人，问："我们要煮一只逃走的兔子，能否借个锅？"

"我有三个锅，两个打碎了，另一个掉了底。"

"太好了！我们正要借掉了底的。"三个猎人听了特别高兴！他们用掉了底的锅子，煮熟了逃走的兔子，美美地吃了个饱。

大学教授琢磨了半天，也没有明白是怎么回事，于是给这家刊物写了封信，指出故事的逻辑性错误：其一，中了弹的兔子怎么能逃走，没中弹的兔子又如何会倒下？其二，既然兔子逃走了，猎人如何能将它提起煮着吃？其三，没底的锅怎么能煮熟逃走的兔子，且美美地吃了个饱？

很多读者当然都支持教授的观点。

一年以后，教授的家里来了位朋友。这位朋友与教授谈到某重点大学毕业生因为害怕失去一份高收入的工作，考上研究生之后却放弃读研究生的机会，到储蓄所去做了储蓄员；劣迹斑斑的黑社会分子却做了警察局局长等现象，两人唏嘘感叹。

朋友突然提到了那家少儿读物上的那篇故事，问教授："你还记得那个故事吗？你现在能读懂了吗？"教授愣了愣，默然无语。良久，教授眼睛一亮，"哎哟"一声，端起酒杯顿了顿，说："最简单的真理往往最难发现。这个故事就是为了让孩子们从小就懂得：有很多可能的事会成为不可能，不可能的事却会成为可能……"

★★★ 智慧感悟 ★★★

有智慧的人，他的眼睛总能够迅速看出事物的本来面目。真理并不是以人的意志为转移的，许多时候，事情往往出人意料，不可思议地发生了变化。但是，从另外一个角度来思考一下，却可以促使人们对事物进行更深层次的挖掘，锻炼人的悟性，于是，智慧也会伴随事物的不断发展而得到不断的提高。

学会借力打力

公元 218 年，罗马人进攻古希腊的叙拉古城。当时这城里的强壮男人都被派到前线作战去了，只留下了少数的士兵，形势万分危急。

指挥官心急如焚，束手无策。这时，有人向他建议："城里有一位很有名望的智者，他常常能想出别人想不到的办法来解决难题，我们为什么不请他来退敌?"指挥官一拍脑袋："对啊，我怎么就没有想到他呢? 快，快去把阿基米得请来!"

阿基米得一时也找不到什么办法，他急得在自家院子里走来走去。这时，火红的太阳高挂在天上，阿基米得抬起头，太阳强烈的光线刺痛了他的眼睛。他看了一会儿，突然灵机一动，有了主意。

他马上赶到城楼，向指挥官建议："快，让全城的妇女每人带一面镜子，全部集中到城楼上来。"指挥官听了，很纳闷，可是看到阿基米得自信的神情，还是照办了。为了全城人的安危，也只有把希望寄托在阿基米得的身上了。

过了一会儿，全城的妇女全都奉命上了城楼，她们带来了大大小小、各式各样的镜子。这个时候，阿基米得俨然成了军事总指挥，面对越来越近的敌船，他右手指着海上的敌船，大声说道："到时候举起你们手中的镜子，目标对准船上的帆，要一起行动!"

敌船靠得很近了，阿基米得命令道："瞄准那艘最前面的指挥船，开始!"顿时，全体妇女们一起举起了手中的镜子，唰地直射过去。

这时，奇迹出现了，上万面镜子，将太阳光反射到敌船的帆上，巨大的热量立即引燃了船帆，火借风势，整个敌船立即被大火包围起来了……

就这样，阿基米得带领全城妇女们解除了敌人的威胁。

★智慧感悟★

牛顿曾经这样评价自己所取得的成就，他说他是站在巨人的肩膀上才能看得更远。善于借用他人的力量，取人之长补己之短，让自己变得更加完美，这是最明智的行为。如果护己之短，不仅不会显得高明，反而是愚蠢至极，无可救药。

克里斯蒂的耳环

阿加莎·克里斯蒂参加完一个宴会时已经很晚了，她笑着拦住要送她回家的朋友夫妇，独自一人匆匆上路了。这位英国女作家写过数十部长篇侦探小说，如《东方快车上的谋杀案》《尼罗河上的惨案》等，塑造了跟著名侦探福尔摩斯一样驰名全球的侦探赫尔克·波洛的形象。可是，谁会料到，今天晚上，她本人也遇到了抢劫。

她独自一人走在行人已经很少的大街上时，在一幢大楼的阴影处，一个高大的男子，手持一把寒气逼人的尖刀，向阿加莎·克里斯蒂扑了过来。克里斯蒂知道逃走是不可能的，就索性站住，等那人冲上来。"你，你想要什么！"里克斯蒂显出一副极害怕的样子问。"把你的耳环摘下。"强盗倒也十分干脆。

一听强盗说要耳环，阿加莎·克里斯蒂紧锁的眉头舒展了。只见她努力用大衣的领子护住自己的脖子，同时，她用另一只手摘下自己的耳环，并一下子把它们扔到地上，说："拿去吧！那么，现在我可以走了吗？"

强盗看到她对耳环毫不在乎，而只是力图用衣领遮掩住自己的颈脖，显然，她的脖子上有一条值钱的项链。他没有弯下身子去拾地上的耳环，而是重新下达了命令，"把你的项链给我！"

"噢，先生，它一点也不值钱，给我留下吧。"

"少废话，动作快点！"

克里斯蒂用颤抖的手，极不情愿地摘下了自己的项链。强盗一把抢过项链，飞也似的跑了。阿加莎·克里斯蒂深深地舒了口气，高兴地拾起了刚才扔在地上的耳环。

原来，阿加莎·克里斯蒂保护项链是假，保护耳环是真，她刚才的表演只不过是为了把强盗的注意力从耳环上引开而已。因为，她的钻石耳环价值480英镑，而强盗抢走的项链，是玻璃制品，仅值6英镑。

智慧感悟

面对危机，先让自己冷静下来，然后分析目前的处境，开动大脑，这是走出困境的关键。克里斯蒂声东击西，用假象使对方上当，不愧是智慧的女作家。面对强势，青少年应该心知，胜算来自大脑，来自冷静思考。

怎样让荷兰人使用垃圾桶

几年前，荷兰的一个城市发生了垃圾问题。这个城市一度相当干净，但由于人们不愿使用垃圾桶，结果便使垃圾遍于四处。

卫生部门对此极为关注。他们提出许多解决的办法，希望能够使城市清洁。第一个方法是：把乱丢垃圾的罚金从25欧元提高到50欧元。实施后，收效甚微。第二个方法是：增加街道巡逻人员的数量。然而实施成效亦不明显。

于是，有人提出了这样一个问题：假如人们把垃圾丢入垃圾桶时可以从桶里拿到钱呢？我们可以在每一个垃圾桶上装上电子感应的退币机器，在人们将垃圾倒入桶内时，就可以拿到10欧元奖金。

但是，这个点子明显难以实施，因为假若市政府采用了这个办法，那么过不了多久就会使财务拮据或发生危机。

上述建议虽然不切实际未被采用，但可以被用作垫脚石。他们思考："是否有其他奖励大家用垃圾桶的办法呢?"这个问题很快有了答案。卫生部门设计出了电动垃圾桶，桶上装有一个感应器，每当垃圾丢进桶内，感应器就启动播音系统，播出一则故事或笑话，其内容每两个星期更换一次。

这个设计大受欢迎。所有的人不论距离远近，都主动把垃圾丢进垃圾桶里，城市又恢复了清洁。

★ 智 慧 感 悟 ★

寻找新方案最好的方法，是设计大量的方案，绝不要在刚找到第一种答案时就止步，要继续寻找其他的答案。这时，思考就成为你前进的助力器。很多时候，只要多想一步，换一种思维，困难就会迎刃而解。

俄国公爵的私人乐队

19世纪中期，一个俄国公爵自己花钱供养了一支私人乐队。

后来，因为财政问题，公爵决定要解散这支乐队。大家听到这个消息以后，一时不知道如何是好。因为他们知道，公爵一般对于决定过的事情，是很难更改的，无论怎样去恳求，他也不会随便改变主意。队长看着这些多年的亲密朋友，心中也挺不是滋味，他突然灵机一动，有了主意。

队长立即谱写了一首《告别曲》，说是要为公爵作最后一场告别演出，公爵同意了。这天晚上，因为是最后一次为公爵演奏，看在与公爵一家相处的情分上，大家还是尽心尽力地演奏了起来。

这首乐曲的旋律一开始极欢快优美，把与公爵之间的情谊表达得淋漓尽致，公爵不由得感动起来。渐渐地，乐曲由明快而转为委婉，又渐渐转为低沉，最后，悲伤的情调在大厅里弥漫开来。

这时，只见一位乐手停了下来，吹灭了乐谱上的蜡烛，向公爵深深地鞠了一躬，然后悄悄地离开了。过了一会儿，又有一名乐手离开了。就这样，乐手们一个接一个地离去，到了最后，只留下了队长一个人。队长深深地向公爵鞠了一个躬，正要独自默默地离开的时候，公爵的情绪已经达到了顶点，他再也忍不住了，大声地叫了起来："亲爱的队长，这是怎么一回事？"队长真诚地说："公爵大人，这是我们全体乐队在向您作最后的告别呀！"

这时公爵突然醒悟过来："啊！不！请让我再考虑一下。"就这样，一首《告别曲》使公爵将全体乐队队员留了下来。

★★★★★ 智慧感悟 ★★★★★

智慧只有一个结果，那就是能够认识一切并善于驾驭一切。遇到棘手的问题时，与其当面直言、据理力争，还不如另辟蹊径、另谋良策，这样既能避免正面冲突，让事情不会陷入无可挽回的境地，又能打动对方的心，让他在不知不觉中改变自己原有的想法。这才是真正的上上之策。

第七章

从心开始超越

> 上天完全是为了坚强我们的意志，才在我们的道路上设下重重的障碍。
>
> ——泰戈尔
>
> 不可能的字只有在愚人的字典里才可以翻出。
>
> ——拿破仑

难度不设最高限

　　一位音乐系的学生走进练习室，在钢琴上，摆着一份全新的乐谱。

　　"超高难度……"他翻着乐谱，喃喃自语，感觉自己对弹奏钢琴的信心似乎跌到谷底，消磨殆尽。已经3个月了！自从跟了这位新的指导教授之后，不知道为什么教授要以这种方式整人。勉强打起精神，他开始用自己的十指奋战、奋战、奋战……琴音盖住了教室外面教授走来的脚步声。

　　指导教授是个极其有名的音乐大师。授课的第一天，他给自己的新学生一份乐谱。"试试看吧！"他说。乐谱的难度颇高，学生弹得生涩僵滞、错误百出。"还不成熟，回去好好练习！"教授在下课时，如此叮嘱学生。

　　学生练习了一个星期，第二周上课时正准备让教授验收，没想到教授又给他一份难度更高的乐谱，"试试看吧！"上星期的课教授也没提。学生再次挣扎着接受更高难度的技巧挑战。

　　第三周，更难的乐谱又出现了。同样的情形持续着，学生每次在课堂上都被一份新的乐谱所困扰，然后把它带回去练习，接着再回到课堂上，重新面临两倍难度的乐谱，却怎么样都追不上进度，一点也没有因为上周练习而有驾轻就熟的感觉，学生感到越来越不安、越来越沮丧和气馁。

　　教授走进练习室。学生再也忍不住了。他必须向钢琴教授提出这3个月来何以不断折磨自己。

　　教授没开口，他抽出最早的那份乐谱交给了学生。"弹奏吧！"他以坚定的目光望着学生。

　　不可思议的事情发生了，连学生自己都惊讶万分，他居然可以将这首曲子弹奏得如此美妙、如此精湛！教授又让学生试了第二堂课的乐谱，学生依然呈现出超高水准的表现……演奏结束后，学生怔怔地望着教授，说不出话来。

"如果，我任由你表现最擅长的部分，可能你还在练习最早的那份乐谱，就不会有现在这样的程度……"教授缓缓地说。

★★★智 慧 感 悟★★★

人往往习惯于表现自己所熟悉、所擅长的部分。但如果你愿意回首就会恍然大悟：从前看似紧锣密鼓的工作挑战、永无休止的环境压力，却在不知不觉间练就了今日的高超技艺。我们的内心住着一个能量巨大的小巨人，但需要我们认真地寻找、挖掘这一份无穷的潜能。

墨菲定律的作用

有一名大学生，毕业后生活仍很糟糕，为此他怀疑自己的能力是否只能让他过这样的生活。在纽约州听著名心理学家墨菲讲了几堂心智科学的课之后，对墨菲说："我一生中的每一样事情，都乱七八糟的。我失去了健康、财富和朋友。每一件事情一碰到我，就会出毛病。"

墨菲告诉他："在你的想法中，应该先建立一个大前提，那就是你的潜意识的无限智慧会引导你，使你在精神、心智和物质各方面，都朝着好的方向走。然后你的潜意识就会自动地在你的投资、决心各方面给你睿智的指导，并且治好你的身体，恢复你心灵的和平和宁静。"

这位教授勾画出了他的生活的全景。下面就是他的大前提：

"无限的智慧在各方面引领、指导我，我会有完美的健康；调和的定律在我的心灵和身体方面发挥作用，我会有美、爱、和平和富足；正确行动的原则和神圣的意旨，将控制着我的整个生活。我知道我的大前提是置于生命的永恒真理之上，而我更知道并且相信我的潜意识，会根据我意识的想法的性质而产生反应。"

他写信告诉墨菲："一天有好几次，我会带着爱心缓慢而静静地重复着前面的几句话，知道这些话会深入到我的潜意识中，而结果必定会跟着出来。我非常感激你跟我的谈话，而我要指出我的生活各方面都向好的方向发展。这种办法真有效。"

★ 智慧感悟 ★

潜意识有消极、积极之分，消极的暗示带来失败的人生；积极的暗示为我们赢得光明的未来。

我们要善于选择对我们的生活有建设性作用的心理暗示。

接受潜意识的引导，用美好的未来图景来激发我们的希望、斗志，让它成为我们人生航行的导师。

从心开始超越

在举重比赛当中，作为举重项目之一的挺举，有一种"500磅（约227公斤）瓶颈"的说法，也就是说，以人体的体力极限而言，500磅是很难超越的瓶颈。499磅的纪录保持者巴雷里，比赛时所用的杠铃，由于工作人员的失误，实际上超过了500磅。这个消息发布之后，世界上有6位举重好手在一瞬间就举起了一直未能突破的500磅杠铃。

有一位撑竿跳的选手，一直苦练都无法越过某一个高度。他失望地对教练说："我实在是跳不过去。"

教练问："你心里在想什么？"

他说："我一冲到起跳线时，看到那个高度，就觉得跳不过去。"

教练告诉他："你一定可以跳过去。把你的心从竿上摔过去，你的身子也一定会跟着过去。"

他撑起竿又跳了一次，果然跃过了这一梦寐以求的高度。

★智慧感悟★

心，可以超越困难，可以突破阻挠；心，可以粉碎障碍……正如一位哈佛哲人所说："世界上没有跨越不了的事，只有无法逾越的心。"心中有瓶颈，便限制了人潜在能量的爆发。所以，要想开发和利用生命潜能，最关键的事情在于突破心中的瓶颈。

天才的试验

有两位心理学家公开宣称，他们发明了一种绝对正确的智能测验方式。

为了证实他们的研究成果，他们两人选择了一所小学的一个班级，让全班的小学生做了一次测验，并于隔日批改试卷后，公布了该班5位天才儿童的姓名。

20年之后，追踪研究的专家发现，这5名天才儿童长大后，在社会上都有极为卓越的成就。这项发现马上引起教育界的重视，他们请求那两位心理学家公布当年测验的试卷，弄清其中的奥秘所在。

那两位已是满头白发的心理学家，在众人面前取出一只布满尘埃、封条完整的箱子，打开箱盖后，告诉在场的专家及记者："当年的试卷就在这里，我们完全没有批改，只不过是随便抽出了五个名字，将名字公布。不是我们的测验准确，而是这五个孩子的意念正确，再加上父母、师长、社会大众给予他们的协助，使得他们成为真正的天才。"

★智慧感悟★

人的愿望、理想、信仰等无一不受着他的心理的支配。可以说，有什么样的心理就有什么样的人生。暗示的巨大力量，如果我们善加引领，必定会为我们带来崭新的人生。

鹰不会忘掉天空

有个顽童无意间在悬崖边的鹰巢里发现一颗老鹰的蛋，他一时兴起，将这颗蛋带回父亲的农庄，放在母鸡的窝里，看看能不能孵出小鹰来。

果然如顽童的期望，那颗蛋孵出了一只小鹰。小鹰跟着同窝的小鸡一起长大，每天在农庄里追逐主人喂饲的谷粒，一直以为自己是只小鸡。

一天，母鸡焦急地咯咯大叫，召唤小鸡们赶紧躲回鸡舍内，慌乱之际，只见一只雄壮的老鹰俯冲而下，小鹰也和小鸡一样，四处逃窜。

经过这次事件后，小鹰每次看见远处天空盘旋的老鹰身影，总是喃喃自语："我若能像老鹰那样，自由地翱翔在天上，该有多好。"

而一旁的小鸡总会提醒它："别傻了，你只不过是只鸡，是不可能高飞的，别做那种白日梦啦……"

小鹰想想也对，自己不过是只小鸡，也就回过头，去和其他小鸡追逐主人撒下的谷粒。

直到有一天，一位驯兽师和朋友路过农庄，看见这只小鹰，便兴致勃勃地要教会小鹰飞翔，而他的朋友认为小鹰的翅膀已经退化，劝驯兽师打消这个念头。

驯兽师却不这么想，他将小鹰带到农舍的屋顶上，认为由高处将小鹰掷下，它自然会展翅高飞。不料小鹰只轻拍了几下翅膀，便落到鸡群当中，和小鸡们四处找寻食物去了。

驯兽师仍不死心，再次带着小鹰爬上农庄内最高的树上，掷出小鹰。小鹰害怕之余，本能地展开翅膀，飞了一段距离，看见地上的小鸡们正忙着追寻谷粒，便飞了下来，加入鸡群中争食，再也不肯飞了。

在朋友的嘲笑声中，驯兽师这次将小鹰带上悬崖。小鹰发现大树、农庄、溪流都在脚下，而且变得十分渺小。待驯兽师的手一放开，小鹰展开双翼，终于实现了它的梦想，自由地翱翔于天际。

★☆★☆★☆★☆★☆
智慧感悟
★☆★☆★☆★☆★☆

我们每个人都曾经如同小鹰一般，曾拥有过翱翔天际、悠游自在的美妙梦想。有趣的是，这些伟大的梦想，往往也就在周围亲友的"别傻了""不可能"声中，逐渐萎缩，甚至破灭。

就算侥幸遇上一位懂得欣赏我们的"驯兽师"，硬将我们带到更高的领域，往往我们也会像小鹰回头望见地上争食的鸡群一般，再次飞回地上，加入往日那个群体里。

莫让我们的伟大梦想再因同伴的几句冷言冷语而破灭。如果你真是雏鹰，就不需要再困顿于地上，安于现状，只会使你丧失获得成功的能量。

女人的坚贞

这个故事发生在中世纪的德国，那年是 1141 年。巴伐利亚公爵沃尔夫被困在了他的温斯城堡中，城堡之外是斯瓦比公爵弗雷德里克及其兄长康纳德国王的军队。

围攻已历时数月，沃尔夫知道，他只能投降了。信使开始在两军之间频繁穿梭，投降的条款列出来了，条件被应允了，所有的安排都完备了，沃尔夫和他的军官们准备将自己交给死敌。

但是温斯城堡里的女人们还没有打算放弃一切。她们给康纳德国王送去口信，要求许诺保证温斯城堡内所有女人和儿童的安全，并且允许她们离开时，带走她们双手能够带走的所有东西。

她们的要求被准许了，接着，城堡的大门打开了。女人们走了出来——城堡外所有的人都对看到的一切大吃一惊——每个女人的腰都弯得低低的，但她们手里拿着的不是金子，也不是珠宝，而是紧紧抱着她们的丈夫。她们要救出她们的丈夫，不能让自己的丈夫受到这支获胜军队的报复。

康纳德，这位仁慈的国王，被这一壮举感动得流下了眼泪。他立即向这些女人宣布，保证她们的丈夫有绝对的安全与自由。接着，国王与巴伐利亚公爵签订了和平条约，条约中的款项比公爵事先预想的要友善得多。因为，智慧的康纳德国王知道：一个拥有爱心的群体是不会被征服的。

从此以后，温斯城堡更名为"韦博图山"，"韦博图"在德语中的意思是——女人的坚贞。

智慧感悟

肯尼迪总统说过这样一句话："勇气，是人类一切品格中最宝贵的品格。"有了勇气，才有了力量，才有了胜利的可能。而勇气的产生则必须焕发我们内心的潜能，只要让这座宝藏的力量爆发出来，那么它几乎会让我们一路所向披靡。

警察的急智

凯特是一名普通的擦鞋工。他在哈佛所在的城市——坎布里奇工作好些日子了。绝大多数的人态度友善，但眼前这个满脸胡须的家伙不同，凯特刚瞅他一眼就有这种印象了。她觉得他好面熟，但就是想不起来在哪里见过面。

"孩子，你一个礼拜赚多少钱？"他问凯特，问话的语气让人感到是在揶揄。

凯特没有回答他。他又继续说话了："我像你这样的年龄时，已经赚了很多很多钱。"他两眼不停地扫视四方，凯特却一直回想在哪里见过他。蓦地，她想起来了，在邮局见过他的画像，他是个逃犯，是警察要抓的人。

他说："你知道，人们欠缺的是想象力，你擦皮鞋就是一种缺少想象力的工作。"凯特尽快擦他的皮鞋，只想越快擦完越好。他又说："16 岁时，我就赚了 2500 美元。"

就在那时，凯特突然想起来，2500 美元？5000 美元？或 25000 美元？凯特不能确定。但她知道，抓到这个人可以领一笔巨额的悬赏。可是，我又能如何呢？难道用鞋油罐子打他不成？像他这么高大的人，可以一脚把我踩倒。凯特想，要是现在有人来就好了。

他继续说："除了要有想象力外，还要有敢于冒险的勇气。其实，你可以在鞋带、鞋油之类的小本买卖上动点脑筋。"

突然，凯特看见戴利警官从街上走过来。说时迟，那时快，凯特把这个人两只鞋的鞋带绑在了一起。他一看到戴利警官就说："好了，孩子，我要走了。"

警官走到门窗时，凯特大声叫了起来："戴利警官，快来抓人哪！这个人是你们通缉的逃犯！"

"住嘴！"那个人咆哮道，凯特看到他手里有支手枪。他想逃走，但是没能跑掉。他摔倒在地上，跌了一个嘴啃泥。

几分钟后，戴利警官告诉凯特，她可以得到 7500 美元的赏金。他说："你真聪明。"凯特不好意思地说："啊！不是我聪明，是他提醒我的。他告诉我要有勇气和想象力，可以在鞋带、鞋油之类的小本买卖上动动脑筋。你看，我只不过是在鞋带上打了点主意而已。"

★ 智慧感悟 ★

人类的潜能智慧有无穷大，只是可惜并未被全部开发出来。爱因斯坦曾说过假如人的大脑能量是 100 分的话，那么普通人只用了 35% 左右，天才也就多了 8% 左右。

因此，我们有理由相信我们每个人天生都是可以成为天才的人，智慧也只有你动脑筋时才会产生。

第八章

不走寻常路

唯有创造，才受欢迎。

——罗曼·罗兰

如果你要成功，你应该朝新的道路前进，不要跟随被踩烂了的成功之路。

——约翰·D. 洛克菲勒

打破常规思维

有一家饭店，老板在门外摆了一个很大的酒桶，上面贴了一张红纸条："不可偷看！"路过的人见到酒桶上的这几个字，禁不住好奇心的驱使，停下脚步都想伸头去看一看。不看则已，一看就笑了，原来里面的桶壁上又写了一行字："不看白不看，本店有清纯的生啤酒免费赠送，请您尽情地享用。"人们自然忍不住要走进店里坐一坐，饭店自然生意兴隆。

还有一家饭店，一直默默无闻地经营着，生意比较萧条。有一天，老板灵机一动，在自家的门前挂起了一个大牌子，上面赫然写着几个大字："全国最差的饭店。"于是，大家都想要看一看，这全国最差的饭店究竟差到什么程度。可是，当人们来过以后，才知道这家饭店的饭菜色、香、味都是一流的。这样一传十、十传百，饭店的生意一下就火了。

智慧感悟

我们常常习惯于传统的思维方式，按照众人流行的惯性思维去思考，走着别人走过的路，干着别人干过的事。要知道成功总是靠着创新取胜的。勇于走别人所没有走过的路，你才会采撷到丰硕的果实。敢为天下先，这才是创新者的精神风貌。

迪斯尼的灵感

一个年仅 21 岁的小画家，怀揣仅有的 40 美元，从家乡提着装有衬衫、内衣以及绘画材料的皮箱来到堪萨斯城。

他经历了多次的失败，几乎一无所有。因无钱交房租，只好借用一家废弃的车库作为画室，每天夜里都会听到老鼠"吱吱"的叫声。

一天，他昏沉沉地抬起头，看见幽暗的灯光下有一双亮晶晶的小眼睛在闪动。他没有捕杀这只小精灵，磨难已使他具有艺术家悲天悯人的情怀。往后的日子里，他与这只小老鼠朝夕相处，经常会在黑暗中你看着我，我看着你。艰难的岁月中，他们仿佛建立了一种默契和友谊。

不久，他离开了堪萨斯城，去好莱坞制作一部卡通片。然而，他设计的卡通形象被一一否决了，他再次品尝到了失败的滋味。他穷得身无分文，多少个不眠之夜，他在黑暗中苦苦思索，甚至怀疑起自己的天赋。

突然，他想起了那双亮晶晶的小眼睛！灵感像一道电光在黑夜里闪现了：小老鼠！就画那只可爱的小老鼠！全世界儿童所喜爱的卡通形象——米老鼠就这样诞生了。

他就是大名鼎鼎的沃尔特·迪斯尼。从此以后，他凭借着自己的才干和灵感，一步步筑起了迪斯尼大厦。

上苍给他的并不多，只给了他一只小老鼠，然而他"抓"住了。对沃尔特·迪斯尼来说，这只小老鼠价值千万。

★智慧感悟★

灵感有时就来源于一双勤于发现的眼睛，如果再加上敏于思考的大脑，你的脚便容易迈过成功的门槛。

雪莱说："我们的生活不是缺少美，而是少了一双发现美的眼睛。"

上天赐予我们一双明眸，不要浪费它的美丽，多多观察生活，一定会有所收获。

米开朗琪罗的创作

意大利雕塑家米开朗琪罗创造了世界上最伟大的雕像作品《大卫》。这里面还有一段颇有意味的插曲：在米开朗琪罗刚雕好大卫像的时候，主管这件事的官员跑去看，竟然觉得不满意。米开朗琪罗问他："有什么地方不对吗？"

"鼻子太大了！"官员说。

"是吗？"米开朗琪罗站在雕像前面看了看，好像也赞同他的观点，大叫一声："可不是嘛！鼻子大了一点，没关系，我马上改，等一会儿绝对让您满意。"说着就拿起工具爬上架子，叮叮当当地修饰起来。

过了一会儿，米开朗琪罗就修好了雕像，他请官员到架子上去检查："您看，现在可以了吧！"官员爬上架子看了看，高兴地说："是啊，好极了！这样才对啊！"

后来，朋友问他："我觉得你雕刻得很好啊，为什么他说不好，你就马上修改？艺术家应该坚持自己的原则，无论任何时候都不要妥协。"米开朗琪罗竟然笑了："我刚才只是到上面做做样子，其实我根本没有改动原来的雕刻，只是官员自己的错觉而已。"

★智慧感悟★

对付自以为是的人，千万不要用是非的标准来与他争论是非，你说服不了他，结果反而让自己更加不痛快。唯一的解决方法就是糊弄一下他，因为他的自以为是本身就是糊弄他自己，除了自己就再也不会把别人放在眼里。

黑点和白点

联合国秘书长安南读中学时，老师给他们上了一堂终生难忘的课。

一天，老师拿出一张画有一个黑点的白纸问道："孩子们，你们看到了什么？"同学们不约而同地回答："一个黑点。"

老师耐心地问："难道你们谁也没有看到这张白纸吗？眼光集中在黑点上，黑点会越来越大，生活中你们可不要这样啊！"

接着，老师又拿出一张点了一个白点的黑纸问大家："孩子们，你们又看到了什么？"学生们有了领悟地齐声答道："一个白点。"

老师笑了："孩子们，太好了，哪怕在黑暗中，只要能看到一点光明，并且为之奋斗，无限美好的未来就在等着你们。"

从此，老师的话就像一盏明灯永远留在了安南的心里。

智慧感悟

人的一生就如同下棋一样，每一个棋子都有自己的走法。创意不受固有的方法和思维模式的束缚，它既与别人的思维框架不同，又与自己以往的思维框架不同。创新是开创性的、灵活多变的，并伴随着想象和灵感等思维活动。所以，创意具有极大的随机性、灵活性。

做反向游泳的鱼

一家公司的总经理性情暴躁，总是喜欢无故朝下属发脾气。

有一天，黑人推销员乔治再也忍不住了："够了！总经理先生，我现在就辞职，我会过得比现在更好！"总经理冷笑着说："好吧，我倒要看看，你将如何度过自己凄惨的后半生！"

乔治靠自己仅有的200美元招了三名工人，就在原公司的对面租了一间房子，挂出了"黑人化妆品公司"的牌子。

乔治知道自己的公司无论在财力、人力、物力及势力上都无法与原公司相比，于是他集中精力研制了一种粉质雪花膏。在推销该产品时，他在广告中宣传说："当你用过某某化妆品之后，再擦上一层乔治的粉质膏，将会收到意想不到的效果。"同事们认为他在无形之中替原公司做广告。乔治却说："就是因为他们公司的名气大，我们才这样说。打个比方，现在几乎很少人知道我叫乔治，可如果我想办法站到美国总统身边的话，我的名字就会马上世人皆知。推销化妆品也是这个道理。在黑人社会中，他们的化妆品已久负盛名，如果我们的产品能和它的名字一同出现，明着是捧原来的公司，实际上却抬高了我们自己的身价。"这一宣传策略果然很灵验，消费者自然而然地接受了乔治公司的产品，市场被迅速打开了。

因为粉质雪花膏销路一路递增，乔治公司的名字也逐渐被消费者所熟悉，乔治便借此时机，在原公司失去戒备的情况下，接连推出了几个系列产品。

现在，乔治公司的化妆品独霸了美国的黑人化妆品市场，而原来那家大公司完全被挤出了市场。

★智慧感悟★

突破是创新的核心。创新不是对过去的简单重复和再现，它没有现成的经验可借鉴，也没有现成的方法可套用，它是在没有任何经验的情况下去努力探索。因此，一个想具有创新思维能力的人，首先应有思维的探索性。

受伤的苹果

一场大冰雹把农场主的苹果打得伤痕累累。苹果卖不出去，农场就要濒临破产，即使这样的苹果卖出去了也很有可能被退货。在农场主为此郁闷时，他随手拿起了一个苹果猛啃起来。谁料，一口下去，他脸上却乐开了花：原来他发现那些苹果是那样的脆甜可口，比以往的苹果好吃得多。

于是，农场主和往年一样，先把苹果包装好，并在里面加了一张精美的小卡片："尊敬的顾客朋友，由于天灾，使得这些苹果表面上有些伤痕，但请您不要介意，因为这些苹果在禁受住了高原冰雹的考验后，变得香脆可口，同时也富含了更多独特的高原风味。"

★智慧感悟★

创新是成功的生命力所在，就如新鲜的血液一样源源不断补充成功的动力。有些人以为所有的创意都出自于伟大科学家的头脑，其实不然。事实上很多的创意都出自普通人的头脑，只要你在生活中遇到麻烦或者难题不绕开它，那么你就有可能抓住创新的机遇，从不同的角度进行思考，就能迎来辉煌的成就。

孩子是最好的玩具设计师

小玛丽出生在一个贫穷的家庭。5 岁时，有一天她随妈妈到玩具店里找一个朋友，当时她看着玩具久久不肯离去。旁边的店主被她的神情吸引了，就问她："你喜欢这些玩具吗？"她回答道："有些玩具我不喜欢。"然后逐一数落起这些玩具的缺点来。店主感到这是一个与众不同的小女孩，于是把她带到家里，将各种玩具摆在她的面前，征求她的意见。

小玛丽的意见说得那么准确、那么切中要害，店主十分高兴地聘请她当自己一家公司的设计顾问，并签订了一项长期合同。

店主在谈到为什么聘请小玛丽做公司的顾问时说了这么一番话："所有的玩具设计师都有一个通病，那就是他们早已成为成年人，失去了直接反应的能力，眼光陈旧、缺乏激情。"此后，经小玛丽鉴别过的玩具给公司带来了丰厚的利润。

★智慧感悟★

在通常情况下，人们按照自己的常规思路，经历了千万次的努力还是没有取得成功。有些时候取得成功却全不费工夫，这种突然而至的成功中就往往包含着意想不到的创造性。所以，当你处于山穷水尽的境况下，不妨打破常规，这样你才有可能找到成功的道路。

第九章

敢想敢做，当下行动

> 要把握时机确实要眼明手快地去"捕捉"，而不能坐在那里等待或因循拖延。
>
> ——罗兰
>
> 天底下最好做的事莫过于幻想了，然而通常你要为它付出高昂的学费。
>
> ——艾森豪威尔

梦想不怕晚

在华盛顿国立女性艺术博物馆，曾举行过一场名为"摩西奶奶在20世纪"的画展。该展览除展出摩西奶奶的作品外，还陈列了一些来自其他国家有关摩西奶奶的私人收藏品。其中最引人注目的是一张明信片，它是摩西奶奶1960年寄出的，收件人是一位名叫春水上行的日本人。

这张明信片是第一次公之于众，上面有摩西奶奶画的一座谷仓和她亲笔写的一段话：做你喜欢做的事，上帝会高兴地帮你打开成功之门，哪怕你现在已经80岁了。

摩西奶奶为什么要写这段话呢？原来这位叫春水上行的人很想从事写作，他从小就喜欢文学。可是大学毕业后，他一直在一家医院里工作，这让他感到很别扭。

马上就30岁了，他不知该不该放弃那份令人讨厌却收入稳定的职业，以便从事自己喜欢的行当。于是他给耳闻已久的摩西奶奶写了一封信，希望得到她的指点。对于春水上行的信，摩西奶奶很感兴趣，因为过去的大多数来信，都是恭维她或向她索要绘画作品的，这封信却是谦虚地向她请教人生问题。

摩西奶奶是美国弗吉尼亚州的一位农妇，76岁时因关节炎放弃农活，开始了她梦寐以求的绘画。80岁时，到纽约举办画展，引起了意外的轰动。她活了101岁，一生留下绘画作品600余幅，在生命的最后一年还画了40多幅。

那么，到底是什么原因让人们异常关注那张明信片呢？

原来，那张明信片上的春水上行，正是在日本乃至全世界都大名鼎鼎的作家渡边淳一。也许正是这个原因，每当讲解员向参观的人讲解这张明信片时，总要附带地说上这么几句话："你心里想做什么，就大胆地去做吧！不要管自己的年龄有多大和现在的生活状况如何，因为，你想做什么和你能否取得成功，与这些没有什么关系。"

智慧感悟

有人总抱怨太晚了，可时间就在抱怨声中越走越远。如果你想改变你的生活，实现你的梦想，那么再没有什么比立即行动还要合适的。

倘若不为你的梦想做点实际行动，那么再好的想法也会付诸东流，那些曾经美妙的思考最后将会在光阴的年轮中被搁浅。而这一切，你拥有绝对的主宰权。

珍惜时间，活在当下

海伦很小的时候就爱上了船，11 岁时她已经是一个划船高手，她非常迷恋驾着一叶孤舟纵横水上的感觉。

海伦的父亲拉罕姆是一个优秀的弄潮儿，他的人生梦想就是以最快的速度驾舟横渡 1.28 万公里的大西洋。在海伦 23 岁那年，拉罕姆决定实施伟大的横渡计划，但他拒绝带着一心想与他同行的海伦上路，因为他担心航途莫测的危险会吞噬心爱的女儿。就这样，拉罕姆只身登舟，不久，一项新的吉尼斯世界纪录就在他手中诞生了。

海伦的心在那一片辽阔的大海上摇曳。当一个叫约翰的青年驾着一艘自己设计的帆船向她驶来的时候，她毅然嫁给了他。她开始寄希望于自己的爱侣，希望能与他一道去享受那 1.28 万公里的蔚蓝。然而，水波不兴的甜美水草般的生活羁绊住两个人的手脚，那条帆船在岸上做起了与水无关的梦……

拉罕姆走了，约翰走了，转眼就有 11 个孩子追着海伦喊祖母了。

海伦重新走向那条闲置已久的帆船。她知道，如果再不行动，她的梦想就再也无法实现了。

2000 年 8 月，一个阳光灿烂的日子，89 岁的海伦只身离开英格兰，开始了她梦想已久的大西洋之旅。

在那一片蔚蓝中她梦见了自己离别已久的父亲，沿着他当年的航道，追随着他当年的足迹，她跟过来了。在死神衣袂飘忽的海上，她没有给自己丝毫畏惧的权利，毕竟，与那生长了差不多一辈子的梦想相比，风浪显得太微不足道了。海伦成功了。她以"最年迈的老人驾舟横渡大西洋"刷新了一项世界纪录，而让她最高兴的，是终于圆了自己一生的梦。

海伦成功了，她的成功让我们感动的同时也让我们有所感悟，一个89岁的老人横渡大西洋，绝不仅仅是一个可望而不可即的梦想，只要你能珍惜自己的时间，活在当下。

★☆★☆★☆★☆★☆★
智慧感悟
★☆★☆★☆★☆★☆★

"一个人要想实现梦想，其实很简单，那就是从现在开始着手。"这是每个哈佛教授经常对自己的学生提及的一条人生智慧，他们想要说明的一点就是成功不在难易，而在于"谁真正去做了"。一味地等待只会一事无成，唯有从现在开始努力，抓紧时间才能实现自己的梦想。

老鼠的心病

主人家的猫很厉害，家里的老鼠吃尽了它的苦头，于是，鼠王召开家庭紧急大会，号召全体老鼠贡献智慧，商量对付猫的万全之策。

众老鼠苦思冥想。

他们有的提议培养让猫嚼鱼吃鸡的新习惯，有的建议加紧研制毒猫药，有的说……

最后，还是一个老奸巨猾的老鼠出的主意让大家佩服得五体投地，连呼高明：那就是给猫的脖子上挂上个铃铛，只要猫一动，就有响声，大家就可事先得到警报，躲藏起来。

这项决议终于被全体通过，但没有一只老鼠敢给猫挂上铃铛。

于是，鼠王又召开家族大会，提出高额奖赏，颁发荣誉证书等许多种奖励办法，仍然没有一只老鼠敢站出来，因为谁也不想送死。

事情就一直这样悬着，成了老鼠们的心病。

★智慧感悟★

什么事情说得再多再好还不如去做，马上就做。如果只是一味地拖拉、等待，不仅不能把事情从根本上解决，反而会错失更多的机会。

配合祷告的行动

有一个很落魄的青年人，每隔三两天就到教堂祈祷，而他的祷告词几乎每次都相同。

第一次，他来到教堂跪在圣坛前，虔诚地低语："上帝啊，请念在我多年敬畏您的分儿上，让我中一次彩票吧！"

几天后，他又垂头丧气地来到教堂，同样跪着祈祷："上帝啊，为何不让我中彩票呢？请您让我中一次彩票吧！"

又过了几天，他再次去教堂，同样重复他的祈祷。如此周而复始，不间断地祈求着，直到最后一次，他跪着说："我的上帝，为何您听不到我的祈求？让我中彩票吧！只要一次就够了……"就在这时，圣坛上突然传出了一个洪亮的声音："我一直在垂听你的祷告，可是，最起码你也应该先去买一张彩票吧！"

★智慧感悟★

许多人往往只是看见理想或是梦想，却从不采取行动。所以，著名的成功学家布莱克说："只想不做的人只能生产思想垃圾，成功是一把梯子，双手插在口袋里的人是爬不上去的。"

办事得尽早下手，干完后再去想

艾米是一个可爱的小姑娘，可是她有一个坏习惯，那就是她每做一件事，都把时间花在不必要的准备工作上，而不是马上行动。

和艾米住在同一个村子里的索顿先生有一家水果店，里面出售一些本地产的水果。一天，索顿先生对贫穷的艾米说："你想挣点钱吗？"

"当然想，"她回答，"我一直想有一双新鞋，可家里买不起。"

"好的，艾米。"索顿先生说，"格林家的牧场里有很多长势很好的黑草莓，他们允许所有人去摘。你去摘了以后把它们都卖给我，1 千克我给你 13 美分。"

艾米听到可以挣钱，非常高兴。于是她迅速跑回家，拿上一个篮子，准备马上就去摘草莓。

这时，她不由自主地想到，先算一下采 5 千克草莓可以挣多少钱。于是她拿出一支笔和一块小木板，计算结果是 65 美分。

"要是能采 12 千克呢？"她计算着，"那我又能赚多少呢？""上帝呀！"她得出答案，"我能得到 1 美元 56 美分呢！"

艾米接着算下去，要是她采了 50 千克、100 千克、200 千克，索顿先生会给她多少钱。她将不少时间花费在这些计算上，很快就到了中午吃饭的时间，她只得下午再去采草莓了。

艾米吃过午饭后，急急忙忙地拿起篮子向牧场赶去。而许多男孩子在午饭前就到了那儿，他们快把好的草莓都摘光了。可怜的小艾米最终只采到了 1 千克草莓。

回家的途中，艾米想起了老师常说的话："办事得尽早下手，干完后再去想。因为 1 个实干者胜过 100 个空想家。"

智慧感悟

天下最可悲的事情就是后悔。许多人把不成功归结到当时没有去行动。为了避免类似的事情发生，有了创意就应该马上执行。行动是制胜的根本。

比别人多想一点

由洛克菲勒创办并经营的美国标准石油公司是当时世界上最大的石油经销商，那时每桶石油的售价是4美元，公司的宣传口号就是——"每桶4美元的标准石油"。

推销员阿基勃特，仅是公司里一个名不见经传的小职员，身份低微，但他无论外出、购物、吃饭、付账，甚至是给朋友写信，但凡有签名的机会时，他都不忘写上"每桶4美元的标准石油"。有时，阿基勃特甚至不写自己的名字，而只写这句话代替自己的签名。时间久了，同事、朋友都开玩笑叫他"每桶4美元"。尽管受到各种嘲笑，但阿基勃特从不为之所动。

洛克菲勒听说这件事后，便叫来了阿基勃特，问道："大家都用'每桶4美元'的绰号叫你，你怎么不生气呢？"

阿基勃特笑了笑后回答道："我们公司的宣传词不正是'每桶4美元'吗？大家叫我一次，就是为公司免费宣传了一次，我又为何要生他们的气呢？其实应该感谢他们才对呀！"

洛克菲勒听后深有感触地说道："像你这样能时时记得为公司做宣传的人还真不多，我们公司就是需要像你这样的职员。"

几年后，当洛克菲勒退下董事长一职后，阿基勃特接替了洛克菲勒的职位，他得到升迁最重要的原因就是始终处处为公司着想，哪怕仅是一件极小的事情。洛克菲勒曾说："我之所以能够成功就是由于我注意到了别人常常容易忽略的小事情。因此，不要总为自己没能完成一件惊天动地的事情而感到沮丧，其实只要努力地做好你身边的每一件小事，你的成功都会因它而起。"

★智慧感悟★

成功的一条捷径是比别人多做一点儿。比别人多想一点儿、多做一点儿，就比别人多一点儿接近荣耀的机会。因为机遇从来不会主动来找你，只有你多留心、多观察、多做一点儿，才有主动靠近它的可能。

绝境中的生机

一次，一艘远洋轮不幸触礁，沉没在汪洋大海里，幸存下来的九位船员拼死登上一座孤岛，才没有被大海淹没。

但接下来的情形更加糟糕，岛上除了石头，还是石头，没有任何可以用来充饥的东西，更为要命的是，在烈日的暴晒下，每个人都渴得嗓子快冒烟，水成为最珍贵的东西。

尽管四周是水——海水，可谁都知道，海水又苦又涩又咸，根本不能用来解渴。现在九个人唯一的生存希望是老天爷下雨或别的过往船只发现他们。

等了很久，也没有一丝下雨的迹象，天际除了海水还是一望无边的海水，没有任何船只经过这个死一般寂静的岛。渐渐地，九个幸存的船员支撑不下去了，一个接一个地失去知觉，昏过去，直到死亡。

当最后一位船员快要渴死的时候，他实在忍不住扑进海水里，"咕嘟咕嘟"地喝了一肚子。船员喝完海水，一点儿觉不出海水的苦涩味，相反是甘甜无比，非常解渴。他想：也许这是自己死前的幻觉吧！便静静地躺在岛上，等着死神的降临。

他睡了一觉，醒来后发现自己还活着，船员非常奇怪，于是他每天不再受口渴的困扰，终于等来了救援的船只。

后来，人们化验这水发现，这儿由于有地下泉水的不断翻涌，所以海水实际上全是可口的泉水。

智慧感悟

针对学生的想法与创意给予足够的支持，聪明的老师总会说一句："Just do it!（去做吧!）"，因为尝试了过后才知晓是否会成功，就算失败也能收获一份经验。不要被大脑中固有的东西禁锢住，否则，你就成了作茧自缚的蚕蛹。

第十章

强者创造机遇

机遇不会从天而降，需要自己去争取，需要自己去寻求、去创造。

——培根

一个人非常重要的才能在于他善于抓住迎面而来的机会。

——蓬皮杜

天下没有白吃的午餐

许多年前，一位聪明的国王召集了一群聪明的臣子，交给他们一项任务："我要你们编一本各时代的智慧录，好流传给子孙。"这些聪明人离开国王后，工作了一段很长的时间，最后完成了一本《皇皇十二卷》的巨作。

国王看了以后说："各位先生，我确信这是各时代的智慧结晶，然而，它太厚了，我怕人们不会读，把它浓缩一下吧。"这些聪明人又长期努力地工作，几经删减之后，完成了一卷书。然而，国王还是认为太长了，又命令他们再浓缩，这些聪明人把一卷书浓缩为一章，又浓缩为一页，然后减为一段。最后变为一句话。

聪明的老国王看到这句话后，显得很得意。"各位先生，"他说，"这真是各时代智慧的结晶，并且各地的人一旦知道这个真理，我们大部分的问题就可以解决了。"

这句话就是："天下没有白吃的午餐。"

智慧感悟

机遇不会从天而降，它需要自己去寻求、去创造、去争取，即使机遇真的会从天而降，如果你背着双手，一动不动，机遇也会从你身边滑过，落到地上。

善于抓住机会成功的人耽误不起浪费在怨天尤人的时间，他们忙于解决问题，忙于勤奋工作，忙于把事情做好，忙于如何生气勃勃和乐观地对待一切。

时刻准备着

有一个创业的年轻人在遭受了几次挫折后，有点灰心了，很茫然地依靠在一块大石头上，懒洋洋地晒着太阳。

这时，从远处走来了一个怪物。

"年轻人！你在做什么？"怪物问。

"我在这里等待时机。"年轻人回答。

"等待时机？哈哈……时机是什么样，你知道吗？"怪物问。

"不知道。不过，听说时机是个神奇的东西，它只要来到你身边，那么，你就会走运，或者当上了官，或者发了财，或者娶个漂亮老婆，或者……反正，美极了。"

"嗨！你连时机什么样都不知道，还等什么时机？还是跟着我走吧，让我带着你去做几件于你有益的事！"怪物说着就要来拉年轻人。

"去去去，少来这一套！我才不会跟你走呢！"年轻人不耐烦地说。

怪物叹息地离去。

一会儿，一位长髯老人（我们常说的时间老人）来到年轻人面前问："你抓住它了吗？"

"抓住它？它是什么东西？"年轻人问。

"它就是时机呀！"

"天哪！我把它放走了！"年轻人后悔不迭，急忙站起身呼喊时机，希望它能返回来。

"别喊了。"长髯老人接着又说，"我来告诉你关于时机的秘密吧！它是一个不可捉摸的家伙。你专心等它时，它可能迟迟不来，你不留心时，它可能就来到你面前；见不着它时你时时想它，见着它时，你又认不出它；如果当它从你面前走过时你抓不住它，那么它将永不回头，这时你就永远错过了它！"

★★★★★★★★
智慧感悟
★★★★★★★★

每一位青少年应该通晓的人生法则是：站在人生的三岔口，要想迈向成功，必须善于抓住机遇，这个机遇就是一个正确的方向。只有时时做好准备，才能在机遇来临时抓住它。所以机会从来只垂青于有准备的人们。

不犹豫，不后悔

哲学家正在房间里埋头忙于做自己的学问。

这时，一个中意他的女子大胆地敲开了他的房门："让我做你的妻子吧，错过我你将再也找不到比我更爱你的女人了。"

哲学家虽然也很中意她，但仍回答说："让我考虑考虑！"

事后，哲学家将结婚和不结婚的好坏一一列举出来比较，可是发现好坏均等，这让他不知该如何抉择。

于是，他陷入长期的苦恼之中，迟迟无法做决定。

最后，他终于得出一个结论：人若在面临抉择而无法取舍的时候，应该选择自己尚未经历过的那一个。哲学家想："不结婚的处境我是清楚的，但结婚会是怎样的情况我还不知道。对！我该答应那个女人的请求。"

于是，哲学家来到女子的家中，对女子的父亲说："您的女儿呢？我已经决定娶她为妻。"

女子的父亲冷漠地回答："你来晚了10年，她现在已经是3个孩子的妈妈了。"

哲学家听了，整个人近乎崩溃，他万万没有想到向来自以为傲的哲学头脑，最后换来的竟然是一场悔恨。

后来，哲学家抑郁成疾，临死前将自己所有的著作丢入火堆，只留下一段对人生的批注——如果将人生一分为二，那么前半生应该是不犹豫，后半生是不后悔。

后悔药是从不存在的，机遇来临时要勇于争取。

★智 慧 感 悟★

大千世界中，我们是选择的对象，也是被选择的对象。生命如一条河不断地往前流动，谁也不会为谁停留，一旦错过了岸上的风景，就再也没有重新回头的机会了。而等待在前面的将依然是令你更加无奈的选择与被选择。

因此，一位教授这么告诫他的学生们："当你认为合适的时候就要勇于抓住机遇，因为最完美的事物永远只出现在我们的想象之中。"

意外的享受

意大利人到美国旅游，住在华盛顿的一家大饭店里。当他准备就寝时，突然发现装着护照和现金的皮包不翼而飞，他立刻下楼告诉了饭店的经理。

"我们会尽力寻找。"经理说。

第二天早上，皮包仍然不见踪影。他只身在异乡，手足无措。打电话向朋友求援？到大使馆补办遗失护照？苦坐在警察局等待消息？

他脑子里闪过一个又一个念头，急得团团转。

突然，他告诉自己："我要多看看华盛顿。毕竟，我是今天晚上到芝加哥的机票，还有很多时间处理钱和护照的问题。如果我现在不畅游华盛顿，将来就没有机会了。我可以徒步在这个城市作一次短暂的旅行，来到美国我应快乐享受大都市的一天，不要把时间浪费在丢掉皮包的不愉快上。"

于是他开始徒步旅游，爬上华盛顿纪念碑，参观白宫和博物馆。

虽然许多想看的地方他没有看到，但所到之处，他都尽情畅游一番。

回到意大利之后，他就收到了华盛顿警察局寄给他的那个皮包和里面所有的东西。美国之行最意外的收获就是徒步畅游华盛顿，因为他知道把握现在最重要。

★★★★★★★★★★★
智慧感悟

机遇是可遇不可求的，有很多时候你想着去做某一件事却一直没有这样的机会，可就在你快要忘记的时候，机会却又意外来到你的面前。这时，你只要好好地享受这意外的惊喜就可以了。机遇错过了一次，便再也不会第二次出现在你的面前。

野猪与狐狸

狐狸晚饭后无事闲逛，看到一只野猪在大树旁勤奋地磨獠牙，在傍晚的霞光下，野猪的獠牙显得格外锋利。

狐狸觉得不可思议，走上前去好奇地问野猪："野猪大哥，你在做什么呀？你身边既没有猎人来追赶，也没有老虎的身影，既然没有任何危险为什么还要这般用心地磨牙呢？没有对手，就是把牙磨得再锋利也没有用啊。不如我们一起去玩个痛快吧。"

野猪并没有停下来，而是从容地回答说："你想想看，一旦危险来临，就没时间磨牙了。现在磨锋利了，等到要用的时候就不会慌张了，你觉得猎人或者老虎来的时候还会耐心地等我磨牙吗？"

这时，一只凶猛的老虎冲了出来。狐狸立刻吓得魂飞魄散，站在原地一动不能动。而野猪面向老虎，亮出锋利的獠牙，做好了战斗的准备。

老虎看到野猪早有防备，只好灰溜溜地跑掉了。

而狐狸这时才佩服得五体投地："野猪，还是你做得对！如果遇事再磨牙，一切都晚了。"

智慧感悟

我们在追求、创造和实现幸福的过程中，会遇到这样或那样的困难，面临着许许多多的机遇和挑战。正确处理好机遇与挑战的关系，做到既不让机遇从身边溜走，又不在挑战面前畏惧退缩，对我们实现目标起着举足轻重的作用。

财富需要胆识与创造

拉菲尔·杜德拉，委内瑞拉人，他是石油业及航运界知名的大企业家。他以善于"创造机会"而著称。他正是凭借这种不断找到好机会进行投资而发迹的。在不到20年的时间里，他就建立了投资额达10亿美元的事业。

在20世纪60年代中期，杜德拉在委内瑞拉的首都拥有一家玻璃制造公司。可是，他并不满足于干这个行当，他学过石油工程，他认为石油是个赚大钱和更能施展自己才干的行业，他一心想跻身于石油界。

有一天，他从朋友那里得到一则信息，说是阿根廷打算从国际市场上采购价值2000万美元的丁烷气。得此信息，他充满了希望，认为跻身于石油界的良机已到，于是立即前往阿根廷活动，想争取到这笔合同。

去后，他才知道早已有英国石油公司和壳牌石油公司两个老牌大企业在频繁活动。无疑，这本来已是十分难以对付的竞争对手，更何况自己对经营石油业并不熟悉，资本又并不雄厚，要成交这笔生意难度很大。他没有就此罢休，而是采取迂回战术。

一天，他从一个朋友处了解到阿根廷的牛肉过剩，急于找门路出口外销。他灵机一动，感到幸运之神到来了，这等于给他提供了同英国石油公司及壳牌公司同等竞争的机会，对此他充满了必胜的信心。

他旋即去找阿根廷政府。当时他虽然还没有掌握丁烷气，但他确信自己能够弄到，他对阿根廷政府说："如果你们向我买2000万美元的丁烷气，我便买2000万美元的牛肉。"当时，阿根廷政府想到要赶紧把牛肉推销出去，便把购买丁烷气的投标给了杜德拉，他终于战胜了两个强大的竞争对手。

投标争取到后，他立即赶紧筹办丁烷气。他随即飞往西班牙。当时西班牙有一家大船厂，由于缺少订货而濒临倒闭。西班牙政府对这家船厂的命运十分关切，想挽救这家船厂。

这一则消息，对杜德拉来说，又是一个可以把握的好机会。他便去找西班牙政府商谈，杜德拉说："假如你们向我买2000万美元的牛肉，我便向你们的船厂定制一艘价值2000万美元的超级油轮。"西班牙政府官员对此求之不得，当即拍板成交，马上通过西班牙驻阿根廷使馆，与阿根廷政府联络，请阿根廷政府将杜德拉所订购的2000万美元牛肉，直接运来西班牙。

杜德拉把2000万美元的牛肉转销出去了之后，继续寻找丁烷气。他到了美国费城，找到太阳石油公司，他对太阳石油公司说："如果你们能出2000万美元租用我这条油轮，我就向你们购买2000万美元的丁烷气。"太阳石油公司接受了杜德拉的建议。从此，他便打进了石油业，实现了跻身于石油界的愿望。经过苦心经营，他终于成为委内瑞拉石油界巨子。

★ 智 慧 感 悟 ★

创造机会，能激活投资链条中的每一个环节，让一些看似分离的投资资源有机地得到转换和整合，产生出最大的利润。

凡事不能急躁

神仙传授酿酒之法给两个凡人，叫他们选端午那天收割的稻子，与冰雪初融时高山流泉的水珠调和，注入千年紫砂土铸成的陶瓮中，再用初夏第一张看见朝阳的新荷覆紧，密闭七七四十九天，直到鸡叫三遍后方可启封。

这两个人历尽了千辛万苦，总算找齐了所有的材料，把酒调和好并密封，然后潜心等待那注定的时刻。

终于等到第49天了。两人整夜都不敢有片刻休息，急切地等着鸡鸣的声音。远远地传来了第一遍鸡鸣，过了很久，依稀响起了第二遍，第三遍鸡鸣到底什么时候才会来？其中一个再也忍不住了，他迫不及待地打开了陶瓮，却惊呆了——里面的一汪水，像醋一样酸，又像中药一般苦，他失望地把它洒在了地上。

而另外一个，虽然欲望如同一把野火般在他心里熊熊地燃烧，让他按捺不住想要伸手，但他还是咬着牙，坚持到了第三遍鸡鸣后打开陶瓮，一股清香扑鼻而来，他终于喝到了甘醇的美酒。

凡事不能急躁，急躁往往会事与愿违，最后只能喝下自己酿的苦酒。

★智慧感悟★

"万事俱备，只欠东风"的时候，我们需要等待时机。等待的过程也许就是我们最难忍受的过程。

知道如何等待的人具有深沉的耐力和宽广的胸怀。行事绝不要过分仓促，也不要受情绪左右。能制己者方能制人。上帝惩罚人不是用钢铁般的手，而是用拖拖拉拉的腿。俗话说得好："留得青山在，哪怕没柴烧？"命运对有耐心等待的人会给予双倍的奖赏。

巧妙挖掘机遇

哥哥和弟弟各自从海里捡到了一颗美丽的珍珠。他俩商量好由哥哥拿着这两颗珍珠到邻国去，想在那里卖个好价钱。可哥哥到了邻国后，无论是皇后还是村妇，都没有一个人正眼瞧那两颗珍珠一眼，就更别说有人买了。

哥哥只好沮丧地带着珍珠回来了。

弟弟决定由自己带着珍珠再去一次邻国。没过几天，弟弟便带着大把钞票回家了。

"你是怎么把珍珠卖掉的？"哥哥吃惊地问。

"很简单，我抓住了一个最佳时机。"弟弟回答道。

原来，弟弟到了邻国，两颗珍珠依然无人问津。经了解，才知道邻国是一个崇尚俭朴的国家。上至皇后，下到平民百姓，都节俭度日。弟弟因此也甚是失望。

就在弟弟决定无功而返时，却突然得知第二天是皇后60大寿，即将举国同庆。于是，弟弟灵机一动，决定抓住这个机会再努力一次。

第二天，弟弟带着两颗珍珠来到了皇宫，对国王说："我知道你们举国崇尚俭朴，连皇后也不例外。国王今天何不趁皇后的生日买下这两颗珍珠作为礼物来送给她，以表彰皇后的俭朴风范呢？"

国王一听，觉得很有道理，就把这两颗珍珠买下了。

智慧感悟

同样的机遇，有人什么也得不到，有人却能从中挖掘一笔很大的财富，分析其原因，就在于他们是如何巧妙地利用眼前的机遇，让它得到最大限度的升值。错过了机遇是可惜的，不善于利用机遇同样让人觉得惋惜。

有时需要亲力亲为

机会是极难得的，但它具备三大成功的条件，那就是：像鹿一般会跑的腿，逛马路的闲工夫，和犹太人那样的耐性。这是一位校长的一生箴言。

经理决定在鲍勃和汤姆两人之间选择一个人做自己的助理。为了体现民主与公正，经理决定由全体员工投票选举。投票结果却出人意料，鲍勃和汤姆的得票数竟然相同。经理犯难了，便决定亲自对两人进行一番考察，然后再做决定。

一天，经理在餐厅里吃饭。用餐时，他看见鲍勃吃过饭后，把餐盘都送进了清洗间。而汤姆呢？吃完后一抹嘴巴，便把餐盘推到餐桌的一边，然后起身走了。

又有一天，经理很随意地走进鲍勃的办公室，只见鲍勃正在做下个月的销售计划，便问他："为什么不让下面分店的负责人去做呢？"

"我想亲自做销售计划，这样我既能从总体上把握，又能做到心中有数。再说，这样的小事，去麻烦下面分店的负责人，我觉得也没有必要。"

经理又背着手踱到汤姆的办公室，汤姆正在看一份销售计划。

"这是你自己做的计划吗？"经理问。

"这样的小事我一般都让下面的分店负责人来做，我只管大的销售计划。"

"那么你有成熟的销售计划吗？"

"这个……这个……我还没有。"

第二天，经理便宣布任命鲍勃为自己的助理。

智慧感悟

真正的机遇是要靠自己的努力争取的，要自己给予自己，而不是等着别人来施舍。成功者明白这一点，所以在前进的道路上总是主动地出击，而不是等待上天的恩赐。

第十一章

情商决定一生

不幸的遭遇可以增长人的见解，改善人的心地，锻炼人的体质，使一个青年能够担当起生活的责任，同时知道怎样享受人生，这是在富裕的环境中所受的教育万万不能达到的。

——斯末莱特

忧愁是一朵黑云，可以改变人们的精神状态。

——雨果

将逆境操之在我

卓越的人的最大优点：在不利与艰难的遭遇里百折不挠，设法把每一件不幸的事情都看成是一次考验自己的机会。

一对新婚夫妻旅行回家，已是三更半夜，两人筋疲力尽，还没卸下行李箱就倒头大睡。第二天醒来，他们的车子被盗了。

车子不见了还有保险，但行李箱中有丈夫花了很多精力拍的数十卷胶卷以及妻子买的各种纪念品，遗失了怎能不叫人心疼呢？

妻子自责不已，丈夫忽然心生一计："先别急着难过，让我们理性地来分析一下这件事吧！"

"我们可以因为丢了车子而悲伤，也可以因为丢了车子而快乐。无论如何车子是丢了。亲爱的，你选择悲伤还是选择快乐？"

妻子被丈夫的一番话给逗乐了。

过了一星期，车子找了回来，行李箱里的物品因被窃贼视为不值钱，所以也还在。但新车已经被折磨得伤痕累累，只得送维修厂。

可是祸不单行，丈夫开着修好的车回家时，一不留神撞上了别人的车，不但自家车头撞烂了，还得赔偿别人的损失，虽有保险，丈夫仍沮丧不已。

妻子安慰丈夫说："等等，让我们理性地来分析一下这件事吧！我们可以因为撞了车子而悲伤，也可以因为撞了车子而快乐。无论如何车子是撞了。亲爱的，你选择悲伤还是选择快乐呢？"丈夫大笑起来。

第二天早上，他们高高兴兴地把破车又送进了修理厂。

智慧感悟

理性分析是一种独特的生命姿态，你可以更理性地看待你所遇到的挫折，从心理上战胜挫折，在气势上压倒挫折并且藐视它，但并不是说你不重视自己遇到的挫折，反而是应该更加审慎地分析你的处境，以致最后彻底地战胜挫折。

如何应对逆境

一个刚从哈佛大学毕业的女孩子对父亲抱怨她的生活，抱怨事事都那么艰难。她不知该如何应付生活，想要自暴自弃了。她已厌倦生活和事业，好像一个问题刚解决，新的问题就又出现了。

她的父亲是位厨师，为了改变女儿的生活态度，父亲把她带进厨房。他先往三只锅里倒入一些水，然后把它们放在旺火上烧。等到水烧开了，他往一只锅里放些胡萝卜，第二只锅里放些鸡蛋，最后一只锅里放入粉末状的咖啡。父亲把这些事情都做好以后，一句话也没有说。

女儿不耐烦地等待着，琢磨着父亲在做什么。大约20分钟后，父亲把火关了，然后把胡萝卜捞出来放入一个碗内，把鸡蛋捞出来放入另一个碗内，最后把咖啡舀到一个杯子里。做完这些后，他才转过身问女儿："亲爱的，你看见什么了？""胡萝卜、鸡蛋、咖啡。"她回答。

父亲让女儿靠近些并让她用手摸摸胡萝卜，她摸了摸，注意到胡萝卜都变软了。父亲又让女儿拿一只鸡蛋并打破它，她将壳剥掉后，一只煮熟的鸡蛋露了出来。最后，父亲让她喝了咖啡，品尝到香浓的咖啡，女儿笑了。她怯生生地问道："父亲，您做这些是要告诉我什么？"

他解释说，这三样东西面临同样的逆境——煮沸的开水，其反应却不相同。胡萝卜入锅之前是强壮的、结实的，毫不示弱，但进入开水之后，它变软了，变弱了。鸡蛋原来是易碎的，它薄薄的外壳保护着它呈液体的身躯，但是经开水一煮，它就变硬了。唯独粉末状咖啡很独特，进入沸水后，它们改变了水。"你想做哪一个呢？"父亲问女儿，"当逆境找上门来时，你该如何反应？你是胡萝卜，是鸡蛋，还是咖啡?"女儿恍然大悟,她也体会到了父亲的良苦用心。

你呢,你是看似强硬,但遭遇痛苦和逆境后畏缩了,变软弱了,失去了力量的胡萝卜吗?你是内心原本可塑的鸡蛋吗?你原来是个性情不定的人,但经过死亡、分手、离婚或失业,是不是变得坚强了,变得倔强了?你的外壳看似从前,但你是不是因有了坚强的性格和内心而变得严厉、强硬了?或者你像是咖啡,改变了给它带来痛苦的开水,并在它达到高温时让它散发出最佳的香味。水最烫时,它的味道反倒更好了。

★✿✿✿✿✿✿★
智慧感悟

"坚强能够把挫折当作挑战,把挫折化为自己锐意进取、执着向前的动力。"人生不如意之事十有八九,但我们要学会常想一二。万事操之在我,就算不顺利的事找不到你,你仍有选择如何面对的权利。

磨难中练硬翅膀

在蛾子的世界里,有一种蛾子名叫"帝王蛾"。

帝王蛾的幼虫时期是在一个洞口极狭小的茧中度过的。当它的生命要发生质的飞跃时,这天定的狭小通道对它来说无疑成了鬼门关,那娇嫩的身躯必须拼尽全力才可以破茧而出。太多太多的幼虫在往外冲杀的时候力竭身亡,不幸成了"飞翔"这个词的悲壮祭品。

有人怀着悲悯恻隐之心,企图将那幼虫的生命通道修得宽阔一些。他们拿来剪刀,把茧子的洞口剪大。这样一来,茧的幼虫不必费多大力气,轻易就从那个牢笼里钻了出来。但是,所有因得到了救助而见到天日的蛾子都不是真正的帝王蛾——它们无论如何也飞不起来,只能拖着丧失了飞翔功能的累赘的双翅在地上笨拙地爬行!

原来,那"鬼门关"般的狭小茧洞恰是帮助帝王蛾幼虫两翼成长的关键所在。幼虫在穿越的时刻，通过用力挤压，血液才能顺利送到蛾翼的组织中去；唯有两翼充血，帝王蛾才能振翅飞翔。人为地将茧洞剪大，蛾子的翼翅就失去充血的机会，生出来的帝王蛾便永远与飞翔无缘。

★智慧感悟★

　　没有谁能够施舍给帝王蛾一对奋飞的翅膀，也没有谁能保佑人生永在坦途。帝王蛾没有在磨难中毁灭，而是在磨难中练硬了翅膀。我们该做的是把命运操纵在自己的手里，顺境则一路高歌，逆境则永不气馁。

❤ 死亡的冰点

　　尼克是一家铁路公司的调车人员，他工作相当认真，做事也尽职尽责，不过他有一个缺点，就是他对人生很悲观，常以否定的眼光看世界。

　　有一天，铁路公司的职员都赶着去给老板过生日，大家都提早急急忙忙地走了。不巧的是，尼克竟不小心被关在一辆冰柜车里。

　　尼克在冰柜里拼命地敲打着、叫喊着，全公司的人都走了，根本没有人听得到。尼克的手掌敲得红肿，喉咙叫得沙哑，也没人理睬，最后只得绝望地坐在地上喘息。

　　他越想越觉得可怕，冰柜里的温度在零下20摄氏度以下，如果再不出去，一定会被冻死。他只好用发抖的手，找来纸笔，写下遗书。

　　第二天早上，公司里的职员陆续来上班。他们打开冰柜，发现尼克倒在里面。他们将尼克送去急救，但他已没有生还的可能。大家都很惊讶，因为冰柜的冷冻开关并没有启动，这巨大的冰柜里也有足够的氧气，而尼克竟然被"冻"死了！

其实尼克并非死于冰柜的温度，他是死于自己心中的冰点。因为他根本不敢相信一向不能轻易停冻的这辆冰柜车，这一天恰巧因要维修而未启动制冷系统。他的不敢相信使他连试一试的念头都没有产生。

智慧感悟

青少年朋友应该知道，在自己的一生中会受到暗示的巨大影响，暗示的巨大作用还有个典故，那就是有名的皮格马利翁效应。有的人接受了积极健康的暗示，走向健康，走向成功，走向快乐；有的人接受了错误有害的暗示，失去了健康，失去了成功的机会，失去了快乐。

当我们明白了暗示的巨大力量后，就应该有意识地抵制错误的、有害的暗示，自觉地接受那些积极健康的暗示。让积极的暗示变成潜移默化的力量，最终用它来战胜自己、超越自己。

另起一行同样卓越

1967年夏天，美国跳水运动员乔妮·埃里克森在一次跳水事故中身负重伤。除了脖子没有受伤之外，全身瘫痪。

乔妮哭了，她躺在病床上辗转反侧。她怎么也摆脱不了那场噩梦，为什么跳板会滑？为什么她会恰好在那时跳下？不论家里人和亲友们如何安慰她，她总认为命运对她实在不公。出院后，她叫家人把她推到跳水池旁。她注视着那蓝盈盈的水波，仰望那高高的跳台。她再也不能站立在那洁白的跳板上了，那蓝盈盈的水波再也不会溅起朵朵美丽的水花拥抱她了。她又掩面哭了起来。从此她被迫结束了自己的跳水生涯，离开了那条通向跳水冠军领奖台的路。

她曾经绝望过。但现在，她拒绝了死神的召唤，开始冷静思索人生的意义和生命的价值。

她借来许多介绍前人如何成才的书籍，一本一本认真地读了起来。

她虽然双目健全，但读书也是很艰难的，只能靠嘴衔根小竹片去翻书，劳累、伤痛常常迫使她停下来。休息片刻后，她又坚持读下去。通过大量的阅读，她终于领悟到：我是残了，但许多人残了后，在另外一条道路上获得了成功，他们有的成了作家，有的创造了盲文，有的创作出美妙的音乐，我为什么不能？于是，她想到了自己中学时代曾喜欢画画。我为什么不能在画画上有所成就呢？这位纤弱的姑娘变得坚强起来，变得自信起来了。她捡起了中学时代曾经用过的画笔，用嘴衔着，开始练习。

这是一个多么艰辛的过程啊。用嘴画画，她的家人连听也未曾听说过。

他们怕她不成功而伤心，纷纷劝阻她："乔妮，别那么死心眼了，哪有用嘴画画的，我们会养活你的。"可是，他们的话反而激起了她学画的决心，"我怎么能让家人一辈子养活我呢？"她更加刻苦了，常常累得头晕目眩，汗水把双眼弄得火辣辣地痛，甚至有时委屈的泪水把画纸也打湿了。为了积累素材，她还常常乘车外出，拜访艺术大师。

好些年过去了，她的辛勤劳动没有白费，她的一幅风景油画在一次画展上展出后，得到了美术界的好评。

不知为什么，乔妮又想到要学文学。她的家人及朋友们又劝她了："乔妮，你绘画已经很不错了，还学什么文学，那会更苦了你自己的。"她是那么倔强、自信，她没有说话，她想起一家刊物曾向她约稿，要她谈谈自己学绘画的经过和感受，她用了很大力气，可稿子还是没有写成，这件事对她刺激太大了，她深感自己写作水平差，必须一步一步来。这是一条满是荆棘的路，可是她仿佛看到艺术的桂冠在前面熠熠闪光，等待她去摘取。

是的，这是一个很美的梦，乔妮要圆这个梦。又经过许多艰辛的岁月，这个美丽的梦终于成了现实。1976年，她的自传《乔妮》出版了，轰动了文坛，她收到了数以万计的热情洋溢的信。两年又过去了，她的《再前进一步》一书又问世了，该书以作者的亲身经历告诉残疾人，应该怎样战胜病痛，立志成才。后来，这本书被搬上了银幕，影片的主角就是由她自己扮演，她成了青年们的偶像，成了千千万万个青年自强不息、奋进不止的榜样。

智慧感悟

英国一名叫索斯的传教士说："失败不是气馁的来源，而是新鲜的刺激。"

另起一行，同样卓越。确实如此，上帝不会把所有的门窗同时关死，他总会留下一线希望、一线生机，等待我们去发现。

我们需要用辛勤＋耐心＋等待去寻找，当然，我们也一定会寻找到这一线来自天堂的光明。

奥运冠军的辛酸

阿兰·米穆是历经辛酸从社会最底层拼搏出来的法国长跑运动员、法国1万米长跑纪录创造者、第十四届伦敦奥运会1万米亚军、第十五届赫尔辛基奥运会5000米亚军、第十六届墨尔本奥运会马拉松赛冠军，后来在法国国家体育学院执教。

米穆出生在一个非常贫寒的家庭。从孩提时代起，他就非常喜欢跑步。可是，家里很穷，他甚至连饭都吃不饱。这对任何一个喜欢跑步的人来讲都是颇为难堪的。例如，踢足球，米穆就是光着脚踢的，因为他没有鞋子。他母亲好不容易替他买了双草底帆布鞋，为的是让他去学校念书穿的。如果米穆的父亲看见他穿着这双鞋踢足球，就会狠狠地揍他一顿，因为父亲不想让他把鞋子穿破。

11岁半时，米穆已经有了小学毕业文凭，而且评语很好。他母亲对他说："你终于有文凭了，这太好了！"可怜的妈妈去为他申请助学金，但是，遭到了拒绝！

这是多么不公正啊！他们不给米穆助学金，却把助学金给了比他富有得多的殖民者的孩子们。鉴于这种不公道，米穆心里想："我是不属于这个国家的，我要走。"可去哪里呢？米穆知道，自己的祖国就是法国。他热爱法国，他想了解它。

没有钱念书，于是米穆就当了咖啡馆里的跑堂。他每天要一直工作到深夜，但还是坚持长跑锻炼。为了能进行锻炼，每天早上5点钟就得起来，累得他脚跟都发炎脓肿了。总之，为了有碗饭吃，米穆是没有多少时间去训练的。但是，他还是咬紧牙关报名参加了法国田径冠军赛。米穆仅仅进行了一个半月的训练。他先是参加了1万米冠军赛，可是只得了第三名。第二天，他决定再参加5000米比赛。幸运的是，他得了第二名。就这样，米穆被选中并被带进了伦敦奥林匹克运动会。

对米穆来说，这简直是不可思议的事情！他在当时甚至还不知道什么是奥林匹克运动会，也从来想象不到奥运会是如此宏伟壮观。全世界好像都凝缩在那里了。不过，在这个时刻，最重要的是，他知道自己是代表法国。他为此感到高兴。

但是，有些事情让米穆感到不快。那就是，他并没有被人认为是一名法国选手，没有一个人看得起他。比赛前几小时，米穆想请人替自己按摩一下。于是，他便很不好意思地去敲了敲法国队按摩医生的房门。

得到允许以后，他就进去了，按摩医生转身对他说："有什么事吗，我的小伙计？"

米穆说："先生，我要跑1万米，您是否可以助我一臂之力？"

医生一边继续为一个躺在床上的运动员按摩，一边对他说："请原谅，我的小伙计，我是派来为冠军们服务的。"

米穆知道，医生拒绝替自己按摩。无非就是因为自己不过是咖啡馆里的一名小跑堂罢了。

那天下午，米穆参加了对他来讲具有历史意义的1万米决赛。他当时仅仅希望能取得一个好名次，因为伦敦那天的天气异常闷热，很像暴风雨的前夕。比赛开始了。米穆并不模仿任何人。同伴们一个接一个地落在他的后面。他成了第四名，随后是第二名。很快，他发现，只有捷克著名的长跑运动员扎托倍克一个人跑在他前面进行冲刺。米穆终于得了第二名。

米穆就是这样为法国和自己争夺到了第一枚世界银牌。然而，最使米穆感到难受的是当时法国的体育报刊和新闻记者。他们在第二天早上便开始边打听边嚷嚷："那个跑了第二名的家伙是谁呀？嗯，准是一个北非人。天气热，他就是因为天热而得到第二名的！"

米穆感到欣慰的是，在伦敦奥运会4年以后，他又被选中代表法国去赫尔辛基参加第十五届奥运会了。在那里，他打破了1万米法国纪录，并在被称为"本世纪5000米决赛"的比赛中，再一次为法国赢得了一枚银牌。

随后，在墨尔本奥运会上，米穆参加了马拉松比赛。他以1分40秒跑完了最后400米，终于成了奥运会冠军！

他不用再去咖啡馆当跑堂了。可是，米穆说："我喜欢咖啡，喜欢那种香醇，也喜欢那种苦涩……"

★智慧感悟★

奥运冠军之所以喜欢咖啡，难道不是因为它的芳香和获奖后的心情一样吗？同时，它的芳香中混合着苦涩和辛酸，一杯香浓咖啡的研制需要多少心血啊。

也许正是这一份相似的经历让他明白咖啡，也爱上这种成功的喜悦。

过去的错误不能决定未来

在新泽西州市郊的一座小镇上，一个由26个孩子组成的班级被安排在教学楼最里面一间很不起眼的教室里。他们中所有的人，都有过不光彩的历史，有人吸毒，有人进过少年管教所，有一个女孩甚至在一年之内堕过3次胎。家长拿他们没办法，老师和学校也几乎放弃了他们。

就在这个时候，一个叫菲拉的老师接手这个班。新学年开始的第一天，菲拉没有像以前的老师那样整顿纪律，先给孩子们一个下马威，而是为大家出了一道题：

有三个候选人，他们分别是：

A：笃信巫医，有两个情妇，有多年的吸烟史，而且嗜酒如命。

B：曾两次被赶出办公室，每天要到中午才起床，每晚要喝大约 1 升的白兰地，而且曾经有过吸食鸦片的记录。

C：曾是国家的战斗英雄，一直保持素食的习惯，不吸烟，偶尔喝点酒，但大多都是啤酒，年轻时从未做过违法的事。

菲拉要求大家从中选出一位在后来能够造福人类的人。毋庸置疑，孩子们都选择了 C。然而，菲拉的答案让人大吃一惊："孩子们，我知道你们一定都认为只有最后一个才是最能造福人类的人，然而你们错了。这三个人大家都很熟悉，他们是"二战"时期的三位著名人物。他们是：A 是富兰克林·罗斯福，身残志坚连任四届的美国总统；B 是温斯顿·丘吉尔，英国历史上最负盛名的首相；C 是阿道夫·希特勒，一个夺去了几千万无辜生命的法西斯大恶魔。"

孩子们都呆呆地瞅着菲拉，他们简直不相信自己的耳朵。"孩子们，"菲拉接着说，"你们的人生才刚刚开始，过去的荣誉和耻辱只能代表过去，真正能代表人的一生的，是他现在和将来的所为。从过去的阴影里走出来吧，从现在开始，努力做自己一生中最想做的事情，你们都将成为了不起的人才。"

应该说正是菲拉这番话，改变了 26 个孩子一生的命运。据了解，如今这些孩子都已长大成人，其中许多人都在自己的岗位上做出了骄人的成绩。有的做了心理医生，有的做了法官，有的做了飞行员。值得一提的是，当年班里那个个子最矮、最爱捣乱的学生罗伯特·哈里森，今天已成了华尔街上最年轻的基金经理人。

★智慧感悟★

过去的错误不能决定你的未来，一次的错误并不代表会错误终生。只有放下昨天的包袱，才能迎来更好的明天。如同电影《阿甘正传》中的一句经典台词："不要让你的过去拖累你。"

任何时候都抱着必胜的希望

根据历史上的记载，滑铁卢战役的失败是拿破仑一生最后的失败，但有人说其实不是这样，因为拿破仑的最后失败，是败在一颗棋子上。

据说，拿破仑在滑铁卢之役失败之后，被判流放到圣赫勒拿岛监禁，终身不得离开。

他在岛上过着十分艰苦而无聊的生活。后来，拿破仑的一位密友通过秘密方式赠给他一件珍贵的礼物，是一副象牙和软玉制成的棋子。拿破仑对这副精致而珍贵的棋子爱不释手，一个人默默地下棋，多少解除了被流放的孤独和寂寞。

这位有名的囚犯在岛上用那副棋子打发着时光，最终慢慢地死去。

拿破仑死后，那副棋子多次以高价转手拍卖。最后，棋子的所有者在一次偶然的机会发现，其中一个棋子的底部可以打开，当那人打开后，发现里面竟密密麻麻地写着如何从这个岛上逃出的详细计划。在当时，这是一则轰动世界的大新闻。

可是，拿破仑没有在玩乐中领悟到这个奥秘和朋友的良苦用心，所以，他到死都没有逃出圣赫勒拿岛。

这恐怕才是拿破仑一生中最大的失败。

智慧感悟

拿破仑自己曾说过："避免失败的最稳当的办法，就是下决心获得成功。"只可惜，本来他可以让这句话非常的圆满、完善，然而由于他的心灰意冷，所以才有人生的最后败笔。

因此，无论何时何地，我们遇到何种境地，都要抱着必定胜利的希望。

第十二章

财商决定财富

一个善于观察和思考的人，他没有道理不成功。

——约翰·亚当斯

财富并不是生命的目的，只是生命的工具。

——比彻

真诚就是招牌

有一家专卖高级点心的糕点店。一天，糕点店里的伙计接待了一个衣衫褴褛的男人，他来这儿要买一个玛德琳蛋糕。

要知道这是一家只卖高级点心的铺子。因此，这个人只是来买一个玛德琳蛋糕是一件不多见的事。所以铺子里的小伙计尽管已装好了一个玛德琳蛋糕，但还是在为是否要像对待普通顾客那样递过去而感到犹豫不决。此时，目睹了这一幕的店主对小伙子发话了："等一会儿，让我来做。"说着店主亲自把装好的玛德琳蛋糕递到那人手中。在接过钱的同时，老板又深深地鞠了一躬："感谢光临！"待那个男人出了店门后，小伙计不解地问店主："我记得以前店里不论来了什么样的顾客，老板您从来没有亲自为其递送物品，这一切都是由我们伙计和经理来接待的。可是为什么今天您特地来亲自接待呢？"对此，店主是这样回答的："的确，平时这一切都是由你们和经理来完成的。所以你感到奇怪是理所当然的。但是你要好好记住，这就是所谓的经商的好处。之所以这么说，的确是因为平时来光顾我们店的每一位顾客都是值得感谢的。但是，今天这位顾客的情况又有所不同。"

"有什么不同呢？"

"平时来我们店里光顾的大多是有钱人。所以他们来我们店一点儿也不奇怪。可是今天的这位顾客是为了品尝一下我们店里的玛德琳蛋糕而把自己的一分钱、两分钱，甚至是把自己仅有的一点儿积蓄都倾囊而出了。恐怕再也没有比这更难能可贵的事了吧？对于这样的顾客，作为店主的我亲自来接待是理所当然的，这可是商人的经营之道呀！"

★智慧感悟★

这个故事之所以动人是因为老板的诚意与和善，正是这一点才让他的店生意兴隆。对倾其所有的顾客不是应该更加感恩吗？

细节能看到一个人内心的真实想法，老板用自己的言行给店员上了一堂生动的课。

世界上最伟大的推销员

乔·吉拉德被誉为世界上最伟大的推销员，他在 15 年中卖出 13001 辆汽车，并创下一年卖 1425 辆（平均每天 4 辆）的纪录，这个成绩被收入《吉尼斯世界大全》。那么你想知道他推销的秘诀吗？他讲过这样一个故事：

记得曾经有一次，一位中年妇女走进我的展销室，说她想在这儿看看车打发一会儿时间。闲谈中，她告诉我她想买一辆白色的福特车，就像她表姐开的那辆，但对面福特车行的推销员让她过一小时后再去，所以她就先来这儿看看。她还说这是她送给自己的生日礼物："今天是我 55 岁生日。"

"生日快乐！夫人。"我一边说，一边请她进来随便看看，接着出去交代了一下，然后回来对她说："夫人，您喜欢白色轿车，既然您现在有时间，我给您介绍一下我们的双门式轿车——也是白色的。"

我们正谈着，女秘书走了进来，递给我一打玫瑰花。我把花送给那位妇女："祝您永远年轻，尊敬的夫人。"显然她很受感动，眼眶都湿润了。"已经很久没有人给我送礼物了。"她说，"刚才那位福特推销员一定是看我开了部旧车，以为我买不起新车，我刚要看车，他却说要去收一笔款，于是我就上这儿来等他。其实我只是想买一辆白色轿车而已，只不过表姐的车是福特，所以我也想买福特。现在想想，不买福特也可以。"

最后她在我这儿买了一辆雪佛兰，并写了一张金额支票。其实从头到尾我的言语都没有劝她放弃福特而买雪佛兰的词句，只是因为她在这里感觉受到了重视，于是放弃了原来的打算，转而选择了我的产品。

智慧感悟

一件小事可以成就一笔生意，同样也能毁掉一笔生意。乔·吉拉德只是用一束玫瑰花，用他的细心就卖出了一辆汽车，而福特车的推销员因为漫不经心而丧失了一单生意。正是这样一些微不足道的小事，让乔·吉拉德成为"世界上最伟大的推销员"。

由此可见，掌控财富需要雄才大略的同时还需兼备细致的观察力。

绝不安于现状

新闻界的"拿破仑"——伦敦《泰晤士报》的大老板诺思克利夫爵士，最初在他每月只能拿到80英镑的时候，对自己的处境非常不满。后来，《伦敦晚报》和《每日邮报》皆为他所有的时候，他还是感到不满足，直到他得到了伦敦《泰晤士报》之后，他才稍稍觉得有点儿满足。

就算成了《泰晤士报》的大老板，诺思克利夫爵士还是不肯善罢甘休。他要利用《泰晤士报》"揭露官僚政府的腐败，打倒几个内阁，推翻或拥护几个内阁总理（亚斯查尔斯和路易乔治），而且不顾一切地攻击昏迷不醒的政府……由于他的这种大胆的努力，提高了不少国家机关的办事效率，在某种程度上还改革了整个英国的制度"。

他对于那些自我满足的人是很反感的。

有一次，他在一个他从未见过的助理编辑的办公桌前停下来，和那个助理编辑聊了起来："你来到这里有多久了？"

"将近三个月了。"那个助理答道。

"你觉得怎么样？你喜欢你的工作吗？对我们的办事程序熟悉了吗？"

"我很喜欢我现在的工作。"

"你现在的薪水是多少?"

"一星期5英镑。"

"你对现在的状况满意吗?"

"很满意,谢谢您。"

"啊,但是你要知道,我可不希望我的职员一星期拿了5英镑,就觉得很满足了。"

★智慧感悟

世界上真不知道有多少人一辈子都一事无成,原因就在于他们太容易满足了!找到了一份稳定的工作,终其一生总是拿那么一点点薪水,每天总是做着同样的事情,一直到死。而他们竟以为人的一生所能获得的东西也就只能这么多了。

做生意要有远见

有一个"购买泥土"的故事,特别耐人寻味。

三个年轻人一同结伴外出,寻找发财机会。在一个偏僻的小镇,他们发现了一种又红又大、味道香甜的苹果。由于地处山区,信息、交通等都不发达,这种优质苹果仅在当地销售,售价非常便宜。

第一个年轻人立刻倾其所有,购买了10吨最好的苹果,运回家乡,以比原价高出两倍的价格出售。这样往返数次,他成了家乡第一个万元户。

第二个年轻人用了一半的钱,购买了100棵最好的苹果苗运回家乡,承包了一片山,把果苗栽种。整整3年时间,他精心看护果树,浇水灌溉,没有一分钱的收入。

第三个年轻人找到果园的主人,用手指指着果树下面,说:"我想买些泥土。"

主人一愣，接着摇摇头说："不，泥土不能卖。卖了还怎么长果？"

他弯腰在地上捧起满满一把泥土，恳求说："我只要这一把，请你卖给我吧，要多少钱都行！"

主人看着他，笑了："好吧，你给一块钱拿走吧。"

他带着这把泥土返回家乡，把泥土送到农业科技研究所，化验分析出泥土的各种成分、湿度等。接着，他承包了一片荒山，用整整3年的时间，开垦、培育出与那把泥土一样的土壤。然后，他在上面栽种了苹果树苗。

现在，10年过去了，这三位结伴外出寻求发财机会的年轻人命运迥然不同。第一位购苹果的年轻人现在每年依然还要购买苹果运回来销售，但是因为当地信息和交通已经很发达，竞争者太多，所以赚的钱越来越少，有时甚至不赚钱或者赔钱。第二位购买树苗的年轻人早已拥有自己的果园，因为土壤的不同，长出来的苹果有些逊色，但是仍然可以赚到相当的利润。第三位购买泥土的年轻人，他种植的苹果果大味美，和山区的苹果相比不相上下，每年秋天引来无数购买者，总能卖到最好的价格。

★★★★★★★★★★
☆智 慧 感 悟☆
★★★★★★★★★★

从这三个年轻人的经历里，我们可以看到，远见是多么的值钱。成功学大师卡耐基曾深有体会地说："做生意要有远大的眼光，要配合时代的需要。只有这样，你才能成为一名称职和优秀的商人。"

不可忽略的细节

美国有位叫米尔曼的女士，她在生活中常常被一件小事烦心，那就是她的长筒丝袜老是和她作对。因为它们老是往下掉，尤其是在公共场合或在公司上班时，袜子掉下来令她非常尴尬。她想这种困扰，其他妇女肯定也会有，而且人数不会少。"那我为什么不做这方面的生意呢？"

不久，她就开了一家袜子店，专门卖那些不易滑落的袜子。这家店铺不大，但生意出奇的好。由于在她的店里，每位顾客平均可在一分半钟内完成交易，而且这里售出的袜子确实使很多妇女摆脱了丝袜滑落带来的尴尬，所以越来越多的人来她的店里买这"不起眼的小东西"。米尔曼成功了，现在她已开了 120 多家分店，分布在美、英、法三国，她自己在 30 出头的年龄，就成为百万富婆。

而另一对美国年轻人，也是从极小的生活琐事中发现了财富。这是一对年轻的夫妇，他们刚刚有了一个小孩。在给小孩喂奶时，他们发现，市场上卖的奶瓶都太大了，8 个月以下的婴儿都无法自己抱住奶瓶吃奶，这往往令小家伙烦躁不安。

有一天，小宝宝的外祖父——一个工厂烧焊产品的检查员，来到他们家，在听到他们的抱怨后，随口说最好在奶瓶两边焊上瓶柄，这样小孩就能双手抓着吃奶了。这句不经意的话，却使这对年轻夫妇灵光闪动，他们有主意了。

不久，他们设法将圆柱形的奶瓶改制成圆圈拉长后中间空心的奶瓶，投放市场。由于这一改进使得小孩能自己抓住奶瓶吃奶了，一经推出就大受欢迎，在 60 天内卖出了 5 万个奶瓶。他们开业的第一年就收入了 150 万美元。

★☆★☆★☆★☆★☆
智慧感悟
★☆★☆★☆★☆★☆

成功，需要一颗勤奋的心还有一颗智慧的头脑，二者缺一不可。

那些抱怨命运不济的人们，那些爱妒忌他人成就的人们，是否该反省一下自己的态度：没有认真利用我们的眼睛，也没有发挥大脑的全部智慧，又怎能寻找到成功的机遇呢？

打开传统思维的死结

美国大萧条时期，整个汽车市场极度萎靡，豪华车市场几乎陷入崩溃。通用汽车公司的卡迪拉克所面临的唯一问题是：究竟是选择彻底停止生产，还是暂时保留这一品牌等待市场行情好转？

董事会执行委员会正开会决定卡迪拉克的命运时，尼古拉斯·德雷斯塔德特敲门请求委员会给他十分钟时间以陈述自己的方案。这不能不说是个冒昧的举动，就好比红衣主教们在梵蒂冈西斯廷教堂开会选举教皇时，一名教区神甫敲门要求提出建议一样。但是，德雷斯塔德特告诉委员会他有一个方案可以使卡迪拉克在 18 个月内扭亏为盈，不管经济是否景气。

他根据自己对卡迪拉克在全国各经销处服务部的观察提出了方案的一部分。当时，卡迪拉克采取的是"声望市场"策略，为争夺市场制定了一项战略：拒绝向黑人出售卡迪拉克汽车。尽管公司采取了这样的种族歧视政策，德雷斯塔德特还是在各地的服务部发现客户中有很多是黑人精英。他们大多为拳击手、歌星、医生和律师，即使在 20 世纪 30 年代经济萧条时期，也有丰厚的收入。这些黑人精英们在那个年代通常买不到象征社会地位的商品，不能住进高档住宅区，无法光顾令人目眩神迷的夜总会。但是，他们可以很容易地绕过通用汽车公司的禁售政策——付给白人一笔钱让他们出面帮助购买。

德雷斯塔德特极力主张执行委员会抓住这一市场。为什么那些白人出面当一次幌子就能赚几百美元，而通用汽车公司却要主动放弃这个市场呢？执行委员会接受了这一主张，很快在 1934 年，卡迪拉克的销售量增加了 70%，整个部门也真正实现了收支平衡。相比之下，通用汽车公司的同期销售总量增长还不到 40%。

1934 年 6 月，德雷斯塔德特被任命为卡迪拉克部门总经理。

他还着手彻底改变豪华汽车的制造方式。他指出："质量的好坏完全体现于设计、加工、检验和服务。低效率根本不等于高质量。"他愿意在设计和道具方面进行大量的投资，更乐意在质量控制和一流服务上花大价钱，而不主张在生产过程本身做过量的投资。一位管理人员回忆道："他告诉我们要关注每一个细节。如果别人制造一个零件只需2美元，为什么我们要用3~4美元呢？"

他的这种理念在推行不到三年的时间内，卡迪拉克的生产成本与通用汽车公司的低档车雪佛兰的造价已经差不多一样了，但销售时仍然维持豪华车的高价位，卡迪拉克很快便成为通用汽车公司内最盈利的部门。由于神奇地使卡迪拉克起死回生，德雷斯塔德特在通用汽车公司内部的发展也由此平步青云。1936年，他被任命为公司最大部门雪佛兰的总经理。

★ 智慧感悟 ★

没有绝望的形势，只有绝望的人。有时，善于打开传统思维的死结，或从事物本身存在的差异上考虑问题，就能做到"柳暗花明"。

树立创业梦想

苹果电脑的主要创始人乔布斯出生于1955年，家境一般，他从小聪明，智慧过人。他读书很勤奋，善于思考，曾以优异成绩考上大学，但由于经费拮据，几乎是半工半读，靠自己在业余时间打工来赚取生活费用。但即使如此，他在1974年还是因经济所迫不得不中断了大学学业，未毕业就离开了大学之门。

乔布斯中断学业时，年仅19岁。他进入雅达利电视游戏机械制造公司，找到了一份工作。然而，他的志向并不在于此。当时，微电脑刚问世不久，在美国加利福尼亚的库珀蒂诺镇，一些业余爱好者正在组织"自制电脑俱乐部"。乔布斯虽然没有读完大学，但他已经掌握了不少知识，加上他在业余时间刻苦钻研，对电脑技术颇感兴趣。此时，他经过认真思考，认为要干出一番事业，干电脑行业是最好的选择。在当今世界科技发达之时，个人用电脑更是发展的一个方向。于是，他下决心要独闯天下，在研究和开发个人用电脑方面大干一番事业。

他把自己的想法告诉了自己的朋友瓦兹尼雅克。瓦兹尼雅克也和乔布斯一样，因经济所迫放弃了音乐学业，到一家仪器公司当了设计员。他们平时很要好，志趣相投，乔布斯说了自己的想法后，他俩一拍即合。于是，两个人立即着手筹备。

但可怜得很，他们俩手头上都没有钱，东拼西凑加起来才只有25美元。25美元何其微乎其微啊！然而他们就是用这一点钱，买了一片微处理器，乔布斯把父亲的修车房作为工作室，两人便干了起来。这简直就像两个小孩子在玩游戏。然而，他们就是凭着这25美元的资本干起，经过废寝忘食的奋斗，终于试装出一台单板微电脑，把它和电视机连接使用，可以在电视屏幕上显示出文字和简单的图形来。

他们为自己取得的这一小成果而感到高兴，便把这台个人用微电脑送到"自制电脑俱乐部"展示，受到热烈称赞和欢迎。他们信心十足，接着就试制出一小批公开出售，谁知竟然非常抢手，有一家电脑商店，一次竟向他们订购了350台！这给他们带来了发迹的机会。

从此，他们雄心勃勃，把自己一切可以变卖的东西全都卖掉，换取2500美元作资本，再向当地的一家商店买了一批零件，用29天的时间，就创立了一个小小的微电脑公司。为了纪念乔布斯在半工半读的岁月里曾在一个苹果园里工作过，他们把公司命名为"苹果电脑公司"。后来，"苹果电脑公司"成了美国一家大电脑公司，而乔布斯则被誉为"电脑神童"，是个人电脑的开发鼻祖。

在公司里，乔布斯是负责人，又是工程师、设计员、工人、推销员。他们只有两个小青年，工作人员毕竟太少了。而且，他们对于做生意，也毕竟还不熟道。乔布斯立即想到，要想使公司大有发展，必须广集人才，而目前迫切需要的是会做生意的人才。他想起自己推销第一批产品时认识的麦库拉。麦库拉当时在仙孩半导体公司供职，是一位经验老到的推销能手。

乔布斯怀着"三顾茅庐"的热情，再三邀请麦库拉入伙。麦库拉看到这位年轻后生很有创新精神，终于答应应聘，并且拿出25万美元作投资，成了苹果电脑公司的一个股东。接着，他们几经研究、试验，对原有产品重新进行设计，制造出了一种体积小、价格低、适合于个人和家庭使用的电脑，命名为"苹果二型"。这种电脑一上市，顿时声名鹊起，该公司不起眼的标志——一个咬掉一大口的红苹果，霎时红透了半边天。乔布斯迅速扩大规模，大量增加生产，公司员工由最初的3人，到20世纪80年代初便发展到3200多人。1977年，公司营业额为77万美元，纯利润为4.2万美元。到1981年，公司营业额竟达3.35亿美元，4年间增长了432倍。

从这以后，苹果电脑公司进入黄金时代，成了知名度颇高的电脑公司。

★智慧感悟★

也许，你现在跟乔布斯他们最开始创业时一样，身上的资金少得寒碜，但只要你树立正确的方向，敢于梦想"财富"，你的行动会引领你走向财富之巅。

法国经济学家魁奈说："人一旦对财富不抱期望，那他绝不会对劳动发生兴趣。"

人们首先要勇于做"富人"梦，只有这样才有可能真正成为一名拥有财富的领军人物。

财富是一种"欲望"

福勒是美国路易斯安那州一个黑人佃农的儿子。5岁时他就开始劳动，在9岁之前，他就以赶骡子为生。像他们这样的家庭，劳动和贫困并没有什么可抱怨的，这些家庭还认为贫穷是命里注定的，并没有强烈改善处境的要求。幸运的是，少年福勒有一位不一般的母亲。他母亲不满足这种仅够糊口的生活。

她时常同儿子谈论她的梦想："儿子，我们不应该贫穷。我不情愿听到你说我们贫穷是由于上帝的意愿。我们的贫穷不是由于上帝的缘故，而是因为你们的爸爸从来没有产生过致富的愿望。我们家庭中的任何人都没有产生过出人头地的想法。"

没有人产生过致富的愿望？福勒决定改变整个人生。他把他所需要的东西放在心中，把不需要的东西抛到九霄云外。致富的愿望像火花一样迸发出来。最后他决定把经营肥皂作为发财的一条捷径。于是他挨家挨户地出售肥皂长达 12 年之久。后来他得知供应商决定将公司拍卖，售价 15 万美元。而他经营肥皂销售 12 年中有 2.5 万美元存款。他觉得这是个机会，就与供应商达成协议：先交 2.5 万美元保证金，在 10 天之内把余额付清。如果到时无法筹齐余下的款项，他就将失去预付的保证金。

在经营生涯中，他赢得了许多商人的敬重，他找他们帮忙。他从私交不错的朋友那里借了一些，又从信贷公司和投资集团那里得到援助。到了第 10 天的前夜，他筹集了 11.5 万美元，还差 1 万美元。这 1 万美元相当关键，将决定他的命运。

当时他已用尽所知道的一切贷款来源。暗夜里，他跪下来祷告："我乞求上帝领我去见一个及时借给我 1 万美元的人。"他还自言自语：我要驱车走遍整条大街，直到我在某栋商业大楼里看到第一道灯光。深夜 11 点，他真的沿芝加哥大街驱车而去。过了几个街区后，他看到了希望中的一家承包商事务所的灯光。他走了进去，写字台旁是一个因工作而疲劳不堪的人。福勒感到自己应该勇敢一些。

"你想赚 1000 美元吗？"福勒开门见山。

这句话让承包商吓了一跳，"是啊，当然想的。"

"请给我开一张 1 万美元的支票，当我还清这笔欠账时，将加付 1000 美元利息。"接着他把借钱给他的人的名单给这位承包商看，并详细地解释了这次商业冒险的情况。就在那天夜里，福勒口袋里带着 1 万美元的支票离开了这个事务所。后来，福勒越做越大，不仅在那个肥皂公司，而且在其他四个化妆品公司、一个袜类贸易公司、一个标签公司和一个报馆，都成功获取控股权。

智慧感悟

福勒以他的经历告诉我们：我们是贫穷的，但这并不是因为上帝，而是我们从来没有产生过致富的愿望。有了愿望，当你清楚地看见它时，就运用你的智慧，牢牢地将一些良机抓住，你就成功了。

第十三章

魔鬼藏于细节

因失误而造成的失败，是金钱买不到的经验。

——哈伯德

凡在小事上对真理持轻率态度的人，在大事上也是不足信的。

——爱因斯坦

小缺点中的性格大缺陷

有一次，列宁发现办公室一个工作人员的上衣口袋上掉了一颗纽扣。列宁看到了，没有出声，走了过去。碰巧第二天列宁又遇见了他。一看，他上衣口袋上还是没有纽扣。到第三天也还是没有。只是到了第四天列宁才看到纽扣缝上了。

"总算缝上了。"列宁很高兴，甚至连情绪都不知道为什么提高了。

当时俄国粮食特别困难，城市和工人区都缺少粮食。农村有粮食，但是农村里的富农把粮食藏起来了。

为了保证城市的粮食供应，列宁往国内各地派出了粮食征集队。列宁办公室那位工作人员也被推举担任一个粮食征集队的队长。列宁犹豫不决。人们对列宁说："他是个能干的人。"

列宁想要提纽扣的事，但没有出声。那位工作人员带了粮食征集队出发了。

过了一段时间，列宁接到报告：那位工作人员不胜任工作，不但如此，富农还把粮食征集队收集的粮食给烧了。

有人为他开脱："列宁同志，这是偶然事故。"

列宁只是听着，手里还拿着一支笔在一张纸上画着什么东西。等列宁走后，大家往纸上一看，只见上面画着一颗纽扣。

智慧感悟

从一个人身上的一个小缺点可以看出这个人性格中的缺陷，这话并不假。因为一个人的行为总是受他的思想、性格指引，无意之中的一个举动最能暴露一个人性格中最真实的一面，所以了解一个人最好从他生活中的小事开始。

尽职的信差

布莱曼是小区里一名出色的信差，颇受大家的欢迎。一天，小区内刚搬来一位旅行家。布莱曼上门找到旅行家索要一份全年行程表。旅行家很奇怪："您有什么用？"

布莱曼认真地说："以便您不在家时，我暂时代为保管您的信件，等您回来再送过来。"

这让旅行家很吃惊，因为他从未碰到过这样的邮差。

"没必要这么麻烦，把信放进信箱就好了，我回来再取也是一样的。"

布莱曼解释说："这样可不安全，窃贼经常会窥探住户的邮箱，如果发现是满了，就表明主人不在家，那住户就可能要深受其害了。"

布莱曼想了想，接着说："这样吧，只要邮箱的盖子还能盖上，我就把信放到里面。塞不进邮箱的邮件，则搁在房门和屏栅门之间。如果那里也放满了，我把其他的信留着，等您回来。"布莱曼的建议无可挑剔，旅行家欣然同意了。

两周后，旅行家回来，发现门口的擦鞋垫跑到门廊的角落里，下面还遮着个什么东西。

原来事情是这样的：在旅行家出差期间，一家速递公司把他的包裹投到别人家了。布莱曼看到旅行家的包裹送错了地方，就把它捡起来，送回旅行家的住处藏好，还在上面留了张纸条，解释事情的来龙去脉，并费心地用擦鞋垫把它遮住，以避人耳目。

智慧感悟

能够把一件简单的小事做好的人往往最不简单，他能够从眼前的小事做起，培养自己良好的习惯，这说明他能认识到细节的重要性，懂得以细节取胜，赢得别人无形中的敬重，这种行为本身为他积累了良好的社会人际交往的资本。

细节决定成败

国王的马夫牵着一匹战马来到铁匠铺。

"快点给它钉掌。"马夫对铁匠说，"国王要急着出征呢。"

"你得等等，"铁匠回答。

"我等不及了。"马夫不耐烦地叫道，"敌人正在向我们的国土推进，我们必须早日出发。"

铁匠开始埋头干活，钉了三个掌后，他发现没有钉子来钉第四个掌了。

"我需要一个钉子，"他说，"得需要点时间。"

"我告诉过你我等不及了，"马夫急切地说，"我听见军号了，你能不能凑合一下？"

"我能把马掌钉上，但是不能像其他几个那么结实。"

"能不能挂住？"

"应该能，"铁匠回答，"但我没把握。"

"好吧，就这样，"马夫叫道，"快点儿，要不然国王会怪罪到我头上的。"

于是，国王骑上他的战马出发了。两军交上了锋，国王率领部队冲向敌阵。

可是国王还没走到一半，一只马掌掉了，战马跌翻在地，国王也被抛在地上。

国王还没有再抓住缰绳，惊恐的战马就跳起来逃走了。士兵们突然看不见国王在前面骑马指挥了，人心惶惶，纷纷转身撤退，敌人的军队包围了上来。

国王无力地哀叹道："一匹马，我的国家倾覆就因为这一匹马。"

★★★智慧感悟★★★

　　成大业若烹小鲜，做大事必重细节。这个故事告诉大家，无论做什么事情，千万不可忽视细节的存在，否则就有可能付出极其惨重的代价。其实，细节是一种创造，也是一种征兆，从中可以看出一个人的命运去向和事情的成败。

洛克菲勒的过人之处

　　有个年轻人来到一家石油公司上班，每天的工作就是检查石油罐盖焊接好没有。这是公司里最没出息的工作，大家都不愿意干这件事。上班第一天，他找到经理要求调换工作。可是经理说："不行，别的工作你干不好。"

　　年轻人只好回到焊接机旁，继续检查那些油罐盖上的焊接圈。既然好工作轮不到自己，那就先把这份枯燥无味的工作做好吧！

　　后来，他发现了一个小小的细节：焊接好一个石油罐盖，共用39滴焊接剂。

　　为什么一定要用39滴呢？在他以前，已经有许多人干过这份工作，从来没有人想过这个问题。他开始认真测算试验，结果发现，焊接好一个石油罐盖，只需38滴焊接剂就足够了。他非常兴奋，立刻为节省一滴焊接剂而开始努力工作。

　　原有的自动焊接机，是为每罐消耗39滴焊接剂专门设计的，用旧的焊接机无法实现每罐减少一滴焊接剂的目标。他开始研制新的焊接机。经过无数次尝试，他终于成功了。他就是靠着这一滴的成功每年为公司创造了5万美元的价值。

　　他就是后来的石油大王洛克菲勒。

智慧感悟

　　成功者有遇事喜欢刨根问底的良好习惯，有不弄明白誓不罢休的科学态度。社会上有很多自然现象和生活琐事，都有可能给人们提供创造发明的机会，有探索精神的人就可能会抓住它，而墨守成规的人就会白白地错过。

敏锐的发现与创造

　　1493 年，哥伦布在美洲的海地岛发现当地儿童都喜欢把天然生橡胶像捏泥丸一样将它捏成一团，做成弹力球。哥伦布觉得这种玩具很有趣，就带了几个回欧洲，并引种了这种树木。但是，这种生橡胶的性能不太好，受热易变形，发黏，受冷又易发脆。因此，它的功能受到了局限。后来美国的一个发明家在橡胶里加入了硫黄，这使橡胶的熔点、牢固度大大增强，后来又有人在橡胶中加入了炭黑，使之更加耐磨，橡胶的用途也日益增加。

　　苏格兰有一家用橡胶生产橡皮擦的工厂，厂里有一位像法拉第那样梦想成为科学家的工人，名叫马辛托斯。一天，马辛托斯端起一大盆橡胶汁往模型里倒，一不小心，脚被绊了一下，橡胶汁淌了出来，浇到了马辛托斯的衣服上，下班后，马辛托斯穿着这件被橡胶汁涂了一大块的衣服回家，正巧遇到了大雨。回家换衣服时，马辛托斯惊奇地发现，被橡胶汁浇过的地方，竟没有渗入半点雨水。善于联想的马辛托斯立即想到，如果把衣服全部浇上橡胶汁，那不就变成了一件雨衣吗？雨衣也就应运而生。

　　后来苏格兰的一位医生骑自行车在石子路上行驶，当时的自行车没有充气的轮胎，因此颠簸得很厉害，这个医生就用浇水的橡胶管子圈在车轮上，充上气，这样骑车就又快又不颠簸。从此，橡胶的用途越来越广，它既可以做轮胎、鞋，也是很好的绝缘材料，还可以做成各式各样的体育用品。

由于天然橡胶产量有限，人们又通过对橡胶成分的研究，生产出了各种各样的合成橡胶，这种橡胶为高分子合成，它具有耐腐耐磨、耐高温、耐氧化等特点，通过人们不断努力，橡胶终于从孩子手中的弹力球发展成为一种具有广泛用途的高分子材料。目前，全球橡胶制品在 5 万种以上，一个国家的橡胶消耗量和生产水平，成了衡量国民经济发展特别是化工技术水平的重要指标之一。

智慧感悟

细节中孕育着机会，孕育着成功的潜能。卓越的青少年都有一个良好的习惯，那就是热爱生活、从生活中观察我们周围的世界。上帝赋予我们一双敏锐的眼睛，就是要我们多发现、多创造。

努力完善每一个细节

在美国纽约，有一家妇孺皆知的"梅尔多"公司。这家公司是靠制造"梅尔多"牌铁锤起家的，它的起家时间很长，过程却非常简单。

"请给我做一柄最好的锤子，做出你能做的最好的那种。"多年前，在纽约州的一个村庄，一个木匠对一个铁匠说。"我是从外地来的，在这里做一个工程，我的工具在路上丢了。"

"我做的每一柄锤子都是最好的，我保证。"铁匠梅尔多非常自信地说，"但你会出那么高的价钱吗？"

"会的。"木匠说，"我需要一柄好锤子。"

铁匠最后交给他的，确实是一柄很好的锤子，也许从来就没有哪柄锤子比这个更好。尤其值得称道的是，锤子的柄孔比一般的要深，锤柄可以深深地楔入锤孔中，这样，在使用时锤头就不会轻易脱柄。

木匠对这个锤子十分满意，不住地向同伴炫耀他的新工具。第二天，和他一起的木匠都跑到铁匠铺，每个人都要求定制一柄一模一样的锤子。

这些锤子被工头看见了，于是他也来给自己订了两柄，而且要求比前面定制的都好。"这我可做不到，"梅尔多说，"我打制每柄锤子的时候，都是尽可能把它做得最好，我不会在意主顾是谁。"

一个五金店的老板听说了此事，一下子订了两打，这么大的订单，梅尔多以前从来没有接过。

不久，纽约城里的一个商人经过这个村庄，偶然看见了梅尔多为五金店老板定制的锤子，强行把它们全部买走了，还另外留下了一个长期订单。

在漫长的工作过程中，梅尔多总是在想办法改进铁锤的每一个细节，并不因为只是一柄铁锤而疏忽大意。尽管这些锤子在交货时并没有什么"合格"或"优质"的标签，但人们只要在锤子上见到"梅尔多"几个字，就会毫不犹豫地买下它。

就这样，在一个不起眼的乡村小镇诞生的小铁锤，慢慢成了美国乃至全世界的名牌产品，而梅尔多本人也凭着这些铁锤终于成为亿万富翁。

★ 智慧感悟 ★

梅尔多是一个品牌，它本身就意味着是质量的保证。因为梅尔多强调做好每一柄铁锤，而且努力改进每个细节，从而靠小铁锤带来了大成功。

灵感藏于细节

大约在公元850年，在非洲埃塞俄比亚一个名叫凯夫的小镇上，有一个名叫卡尔迪的牧童。他对自己养的山羊了如指掌，山羊非常听他的话，只要他吆喝一声，或甩一下鞭子，它们便聚拢在他身旁，听从他的指令。

有一天，他把山羊赶到了一片新的草地上，草地周围有一大片灌木，山羊痛痛快快地吃草和灌木叶。到了晚上却发生了奇怪的事，那些山羊变得不听他的话了。尽管栏里已收拾得干干净净，它们还是挣扎着要往外跑。牧童"啪啪"甩着响鞭，费了好大的劲儿才把山羊赶进了围栏。山羊进栏后也不像往常那样，无声地趴下，静静地入睡，而是挤来挤去，"咩咩"地叫个不停，显得很兴奋的样子。

小牧童很奇怪：山羊怎么了？是不是吃了灌木叶引起的变化？为了探查个究竟，第二天，他又把山羊赶到那片草地上留心观察。他发现，山羊除了吃青草外，还吃灌木的叶子，吃灌木上的小白花和小浆果。到了晚上，山羊又表现出很兴奋、不驯服的样子。第三天，他把山羊赶到另一块草地上，只让山羊吃青草。晚上，山羊终于恢复了以前那种安静、温驯的状态。

看来，问题就出在那种灌木上。小牧童拔了几棵灌木带回家。他尝了尝毛茸茸的绿叶，有着淡淡的苦味。他又把摘下的浆果放到嘴里嚼，味道又苦又涩，他忙吐出来扔到炉子里，炉子里立即散发出浓郁的香味，非常好闻。小牧童就把果子放在火里烧一烧，再把烧过的果子放在水里泡着喝，味道好极了。那一天晚上，小牧童兴奋得彻夜未眠。

小牧童反复试了几次，每次都使他感到很兴奋。于是他就把这种香喷喷的、有很好提神作用的东西当饮料，招待镇子上的人。从此，一种新的饮料就诞生了，并很快传遍了世界各地。这种新的饮料成了人们共同喜爱的东西。大概是因为它首先从凯夫小镇传出，人们就叫它"凯夫"。久而久之，"凯夫"被它的谐音"咖啡"取代了。

不知名的灌木只是山羊的饲料，牧童卡尔迪移花接木，把它"移"过来自己吃。结果这一移不要紧，他成了咖啡的发明人。

★★智慧感悟★★

品尝着浓香的咖啡，再来读这个故事，你就会感谢细心的牧童为

我们带来这么馨香的饮料，就会感谢牧童细心的发现。正如人们常言，魔鬼藏于细节，同样，灵感也藏于细节。

不能放弃自己的原则

美国前总统乔治·布什是个原则性很强的人。

1981 年春，当时身为副总统的布什正在飞机"空军 2"号上飞往外地。突然他接到国务卿黑格从华盛顿打来的电话："出事了，请你尽快返回华盛顿。"几分钟后的一封密电中告知他里根总统已中弹，正在华盛顿大学医院的手术室里接受紧急抢救，于是飞机掉头飞向首都华盛顿。

飞机在安德鲁斯着陆前 45 分钟，布什的空军副官来到前舱为结束整个行程做准备。飞机缓缓下滑时，副官突然想出了主意，他说："如果按常规在安德鲁斯降落后，再换乘海军陆战队一架直升机，飞抵副总统住所附近的停机坪着陆，再驾车驶往白宫，要浪费许多宝贵时间。不如直接飞往白宫。"

布什考虑了一下，决定放弃这个紧急到达的计划，仍然照常规行事。

"我们到达时，市区交通正处高峰时期，"副官提醒道，"街道上的交通很拥挤，坐车到白宫得多花 10 ~ 15 分钟的时间。"

"但是我们必须这样做。"布什解释道，"只有总统才能在南草坪上着陆。"布什坚持着这条原则：美国只能有一个总统，副总统不是总统。

★智慧感悟★

从一个细节可以看出一个人的内心世界，看出一个人的人格魅力。假如布什总统在当时的紧急状况下急降白宫也无可厚非，但他提醒自己注意一点，这样做是放弃了自己的原则，也是不尊重总统的表现。

做生活的有心人

周末下午，园丁正站在街角的一家小店打电话。

故意嘶哑着嗓子问："你好！我是打电话来应征做园丁工作的，我有很丰富的经验，相信一定可以胜任。"

没想到对方却拒绝了他："先生，恐怕你错了，作为别墅的主人，我对现在聘用的园丁非常满意，他是一位尽责、热心和勤奋的人，所以我这儿并没有园丁的空缺。"

园丁听罢便有礼貌地说："对不起，可能是我弄错了。"旁边的朋友觉得奇怪，便问他："你不是干得好好的吗？怎么又失业了？"

园丁摇头说："不，我还在原来的别墅里做园丁。我刚才是给主人打电话，想从他那里知道他对我的表现是否满意。"

★智慧感悟★

从一件小事可以看出一个人能力的高低，园丁给主人打电话这一个细节体现出他是一个注意细节的人。有些时候，细节或许可以改变一个人的命运。从这个故事可以明白一点，无论世界如何变化无常，关注细节，做生活中的有心人和细心人是永远不会吃亏的。

不要虚度　丁点儿时间

卡尔·华尔德曾经是美国近代诗人、小说家和出色的钢琴家爱尔斯金的钢琴教师。有一天，他给爱尔斯金教课的时候，忽然问他："你每天要花多少时间练习弹钢琴?"

爱尔斯金说:"大约三四个小时。"

"你每次练习,时间都很长吗?是不是有个把钟头的时间?"

"我想这样才好。"

"不,不要这样!"卡尔说,"你将来长大以后,每天不会有长时间的空闲。你可以养成习惯,一有空闲就几分钟几分钟地练习。比如在你上学以前,或在午饭以后,或在工作的休息余闲,5分钟、5分钟地去练习。把小的练习时间分散在一天里面,如此弹钢琴就成了你日常生活中的一部分了。"

14岁的爱尔斯金对卡尔的忠告未加注意,但后来回想起来真是至理名言,事后他得到了很大的收获。

当爱尔斯金在哥伦比亚大学教书的时候,他想兼职从事创作。可是上课、看卷子、开会等事情把他白天和晚上的时间完全占满了。差不多有两个年头,他一直不曾动笔,他的借口是"没有时间"。后来,他突然想起了卡尔·华尔德先生告诉他的话,到了下一个星期,他就把卡尔的话实践起来。只要有5分钟左右的空闲时间,他就坐下来写作100字或短短的几行。

出乎意料,在那个星期结束的时候,爱尔斯金竟写出了相当多的稿子。

后来,他用同样积少成多的方法,创作长篇小说。爱尔斯金的授课工作虽一天比一天繁重,但是每天仍有许多可利用的时间。他同时还练习钢琴,发现每天小小的间歇时间,足够他从事创作与弹琴两项工作。

★智慧感悟★

生物学家达尔文说过:"我从来不认为半小时是微不足道的一段时间。"诺贝尔奖获得者雷曼的体会更加深刻,他说:"每天不浪费不虚度或不空抛剩余的那一点时间。即使只有五六分钟,如果利用起来,也一样可以产生很大的价值。"把时间积零为整,精心使用,这正是古今中外很多科学家取得辉煌成就的妙招之一。

第十四章

让快乐一生相伴

世界上的事情最好是一笑了之，不必用眼泪去冲洗。

——泰戈尔

痛苦或者欢乐，完全蕴含于眼界的宽窄。

——雪莱

快乐是一种选择

选择快乐，也就是选择了快乐的源泉。

一位著名的电视节目主持人，邀请了一位老人做他的节目特邀嘉宾。这位老人的确不同凡响。他讲话的内容完全是毫无准备的，当然更没有预演过。他的话把他映衬得魅力四射，不管他什么时候说什么话，听起来总是特别贴切，毫不做作，观众听着他幽默而略带诙谐的话语都笑弯了腰。主持人也显然对这位幸福快乐的老人印象极佳，像观众一样享受着老人带来的欢乐。

最后，主持人禁不住问这位老人："您这么快乐，一定有什么特别的快乐秘诀吧？"

"没有，"老人回答道，"我没有什么特别的秘诀。我快乐的原因非常简单，每天当我起床的时候我有两个选择——快乐和不快乐，不管快乐与否，时间仍然会不停地流逝，我当然会选择快乐。如果要秘诀的话，这就是我的快乐秘诀。"

这个解释听起来似乎过于简单，而且这个老人看起来也不是那么深沉，但是他的意思和林肯说过的一样：人们的快乐与否不过就和他们的决定一样罢了。

智慧感悟

如果你想要不快乐，你可以不快乐。你可以告诉自己所有的事情都不顺心，没有什么是令人满意的，这样，你肯定不快乐。但是，如果你要快乐，尽管告诉自己："一切都进行顺利，生活过得很好，我选择快乐。"那么可以确定的是，你的选择会变成现实。

是谁决定你快乐或不快乐？不是别人，正是你自己！

让内心充满阳光和快乐的色彩

从前，田野里住着田鼠一家。夏天快要过去了，他们开始收藏坚果、稻谷和其他食物，准备过冬。只有一只田鼠例外，他的名字叫作弗雷德里克。

"弗雷德里克，你怎么不干活呀？"其他田鼠问道。

"我在干活呀！"弗雷德里克回答。

"那么，你收藏什么东西呢？"

"我收藏阳光、颜色和单词。"

"什么？"其他田鼠吃了一惊，相互看了看，以为这是一个笑话，笑了起来。

弗雷德里克没有理会，继续工作。

冬季来了，天气变得很冷很冷。

其他田鼠想起了弗雷德里克，跑去问他："弗雷德里克，你打算怎么过冬呢？你收藏的东西呢？"

"你们先闭上眼睛。"弗雷德里克说。

田鼠们有点儿奇怪，但还是闭上了眼睛。弗雷德里克拿出第一件收藏品，说："这是我收藏的阳光。"

昏暗的洞穴顿时变得晴朗，田鼠们感到很温暖。

他们又问："还有颜色呢？"

弗雷德里克开始描述红的花、绿的叶和黄的稻谷，说得那么生动，田鼠们仿佛真的看到了夏季田野的美丽景象。

他们又问："那么，你的那些单词呢？"

弗雷德里克于是讲了一个故事，田鼠们听得入了迷。

最后，他们变得兴高采烈，欢呼雀跃："弗雷德里克，你真是一个诗人！"

★★★★★★★
智 慧 感 悟

人生如四季，也有阴晴圆缺。不愉快的时候，多想想人生中的乐事，多给自己收藏点快乐，才能度过内心的寒冬。

感恩一切上天的馈赠

这是一个普通的故事，却流传甚广。

我曾经是一个对一切都不满足的人，所以整天都不快乐。但是在1934 年春天，当我在威培城道菲街散步的时候，目睹了一件事，使我的一切烦恼从此消解。此事发生于 10 秒钟内，我在这 10 秒钟里所学到的东西，比从前 10 年还要多。

我在威培城开了一间杂货店，经营两年，不但把所有的积蓄都赔掉了，而且还负债累累。就在那之前的一个星期六，我这间杂货店终于关门了。当时，我正在向银行贷款，准备回老家找工作。我走路的样子看起来像是一个毫无生气的人，因为我已经失去了信念和斗志。

这时，我突然瞧见一个没有腿的人迎面而来，他坐在一个木制的有轮子的木板上。他一只手撑着一根木棒，沿街推进。我恰好在他过街之后碰见他，他正朝人行道滑去，我们的视线刚好相碰了。他微笑着，向我打了个招呼："早，先生！天气很好，不是吗?"他的声音是那样富有感染力，那样有精神，好像根本就不是一个有身体缺陷的人。

当我站着瞧他的时候，我感觉到自己是多么富有呀！我有两条腿，我可以走。可是面对他自信的目光，我觉得自己才是一个残障者！我对自己说："既然他没有腿也能快乐高兴，我当然也可以。因为我有腿!"

我感到心胸顿时豁然开朗。我本来只想向银行借 100 美元，但是，我现在有勇气向它借 200 美元了。我本来想到堪萨斯城试着找一份工作，但是，现在我自信地宣布我想到堪萨斯城获得工作。最后我钱也借到了，工作也找到了。

后来，我把下面的字贴在我的浴室镜子上，每天早晨刮脸的时候我都要读一遍：

我忧郁，因为我没有鞋。

直到上街遇见一个人，他没有脚！

★★★智慧感悟★★★

经典故事之所以能流传那么久，就是因为它有很强的警示作用。我们活着的意义究竟是什么呢？或许是这样：一是得到你想要的；二是享受你拥有的。但是能做到第二件事的人很少，而快乐恰恰几乎都藏在第二件事里边。

慢慢走，欣赏啊

耶稣成为万能的上帝之前，经历过许多的淬炼与修行。

一次，他有一趟远行。当时，修行者唯一的交通工具就是一双脚。耶稣因为急于赶到目的地，无视路程的遥远与艰苦，只是努力地赶路。

由于路途太远，他走得精疲力竭，再翻越一座山岭，就可以看到自己要去的地方了。耶稣终于松了一口气，庆幸自己总算能够及时赶到。

但是，此时他痛苦地感到鞋子里有颗小石子。

石子非常小，小到让人感觉不到它的存在。

开始时，耶稣一心忙着赶路，不想浪费时间脱下鞋子，于是索性把那颗小石子当作一种修行，没有理会。

直到这时，他才停下急切的脚步，心想着：既然目的地已经快要抵达了，干脆就在山路上把鞋子脱下来，把小石子从鞋子里倒出来舒服一下。

就在耶稣低头弯腰准备脱鞋的时候，他的眼睛不自觉地瞄向沿路的风景，发现它竟然是如此的美丽。当下，他领悟了：自己这一路走来，如此匆忙，心思意念竟然只专注在目的地上，甚至完全没有发现沿途景色的优美。

他把鞋子脱下，将那颗小石子拿在手中，不禁赞叹道："小石头啊！真想不到，这一路走来，你不断地刺痛我的脚掌心，原来是要提醒我，慢点儿走，注意生命中的一切美好事物。你真是我的良师益友，也是我的暮鼓晨钟！"

★智慧感悟★

在你匆忙赶路时，别忘了欣赏一下路边的风景。也许无意中会打开另一扇门，带你走进另一种人生。而快乐就藏在这另一扇门里面。

快乐在我们身边

上帝把一捧快乐的种子交给幸福之神，让她到人间去撒播。

临行之前，上帝仍不放心地问："你准备把它们撒在什么地方呢？"

幸福之神胸有成竹地回答说："我已经想好了，我准备把这些种子放在最深的海底，让那些寻找快乐的人，经过惊涛骇浪的考验后，才能找到它。"

上帝听了，微笑着摇了摇头。

幸福之神思考了一会儿，继续说："那我就把它们藏在高山之上吧，让寻找快乐的人，通过艰难跋涉才能发现它的存在。"

上帝听了之后，还是摇了摇头。

幸福之神茫然无措了。

上帝意味深长地说："你选择的这两个地方都不难找到。你应该把

快乐的种子撒在每个人的心底。因为，人类最难到达的地方，就是他
们自己的心灵。"

★智 慧 感 悟★

　　快乐就在我们心里。当你跋山涉水寻找快乐时，为什么不去自己
心里找一找？青少年朋友应该如此诠释快乐：快乐就在身边，快乐就
在我们心里，要找到快乐唯一要做的就是摒弃你心中的忧虑、欲望、
抱怨和仇恨。

快乐其实很简单

　　从前，有一个农夫，他每天不辞辛劳地工作，但是他非常贫穷。
一天，他来到一片离家很远的树林，碰到一位老妇人，那妇人对他说：
"我知道你每天很辛苦，得到的却是微不足道的。我送你一枚魔法戒
指，它能够使你拥有财富。当你说出你想要得到什么，同时转动你手
指上的戒指，你将会立刻得到你所希望的东西。但是，这枚戒指只能
实现你的一个愿望，所以你在许下愿望之前要仔细考虑清楚。"
　　惊愕的农夫接过戒指，激动地踏上了回家的路。晚上，农夫路经
一座大城市时，遇到了一个商人，他拿出了魔法戒指，向商人讲述了
这段稀罕的经历。
　　商人邀请农夫晚上住在他家。深夜，商人来到熟睡的农夫身边，
他小心翼翼地用一枚相同的戒指，换走了农夫手指上的魔法戒指。农
夫早上醒来，向商人道了谢，又继续赶路了。
　　商人急不可耐地紧闭房门，一边说着"我要拥有 1 亿两黄金"，一
边转动着戒指。奇迹出现了，无数的金子像下雨一样落了下来，商人
还没有来得及跑就被砸死了。
　　农夫回到家，把魔法戒指的故事讲给妻子听，并让她妥善保管这

枚戒指。妻子按捺不住激动，对丈夫说："试试看，让它带给我们大片的土地。"

"我们必须仔细对待我们的愿望，不要忘记，这戒指只能实现我们的一个愿望。"农夫解释着，"最好让我们再苦干一年，我们将会拥有多顷良田。"从此，他们竭尽全力地工作，并且获得了足够的钱，买了他们所希望拥有的土地。

农夫的妻子想要一头牛和一匹马。农夫说："亲爱的，我们何不再继续苦干一年？"于是一年后，他们又买回了牛和马。

"我们是最快乐的人。"农夫说，"不要再谈什么魔法戒指了，我们拥有年轻，拥有坚实的双手。等到我们老的时候，我们再去想那个戒指吧。"

40 年以后，农夫和他的妻子已经变老了，他们的头发变得和雪一样白。他们拥有他们希望获得的一切，那枚"魔法戒指"依旧完好地保存着。纵然没有使用这枚戒指，他们仍得到了属于他们的快乐。

智慧感悟

快乐就藏在你的双手中。只有自己才能创造属于自己的快乐。向你的梦想勇往直前，把精力投入到行动中，快乐就会随风而来。快乐其实就是简单，越简单越容易获得快乐。放下包袱和贪婪的欲望，拥有容易满足的心，就容易得到快乐的眷顾。

知足者常乐

一群年轻人到处寻找快乐，却遇到许多烦恼、忧愁和痛苦。

他们向老师苏格拉底询问，快乐到底在哪里？

苏格拉底说："你们先帮我造一条船吧！"

这些年轻人暂时把寻找快乐的事放到一边，找来造船的工具，用了七七四十九天，锯倒了一棵又高又大的树，将树心挖空，造成一条独木船。

独木船下水了，这些年轻人把老师请上船，一边合力荡桨，一边齐声唱起歌来，苏格拉底问："孩子们，你们快乐吗？"

学生齐声回答："快乐极了！"

苏格拉底道："快乐就是这样，它往往在你为着一个明确的目的忙得无暇顾及其他的时候突然来访。"

还有一个小故事。

讲的是一个人郁郁寡欢，骨瘦如柴，似乎一阵风就可以把他吹到天上去。

天使问他："你为什么老是不快活？有什么不顺心的事吗？"

这人说："人们都说太阳宝石、月亮宝石是无价之宝，我什么时候能得到它们呢？"

天使非常同情他，便满足了他的要求。

过了一段时间，天使又见这个人仍然愁眉不展，比过去更瘦了。又问："你还有什么不高兴的事吗？怎么还是这样满面愁容？"

这人双眉紧锁，长吁短叹："唉，我日日夜夜都担心失去这些宝贝啊！"

天使摊开双手，摇摇头说："想得到的时候，害怕不能得到；已经得到了，又害怕失掉它。这样的人，怎么能够享受快乐呢？"

★智慧感悟★

快乐是付出后收获的喜悦，是一种享受果实的惊喜。只有付出后得到的快乐才是真实的，这样的快乐也才能够持久。为了虚妄的财富与名利而丢失快乐的本领，这才是人生最大的不幸。快乐就是知足与成就感。

让快乐成为习惯

动物王国的成员在不断发展壮大，很快地，它们现有的家园已无法供它们生养栖息了。为此，狮王颁布法令，准备组织一支探险队，去没有同类足迹、没有人类生存的地方寻找新的生存环境。

骆驼被任命为探险队队长，探险队其他成员包括熊猫、长颈鹿、大象、狐狸。大伙收拾一番后，便踏上了寻找新家园的探险征途。

一路上，队员们在骆驼队长的带领下，蹚河流，过草地，翻大山，穿沙漠，历尽千辛万苦，还是没有找到理想的家园。有的队员已心灰意冷，有的队员不停地抱怨：路有多难走，食物有多难吃……只有熊猫一路上始终显得很愉快。

有一天清晨，熊猫起床去河边洗脸，当它回到营地时，其他队员才刚刚起床。

"早上好，伙计们。"熊猫愉快地向其他队员打着招呼。可是，它们一个个都没有反应。

"嗨，伙计们，今天的天气多好啊！"熊猫再一次向同伴们打招呼，并轻轻地哼起歌来。熊猫的举动让其他队员很不解。

"喂，你好像很得意的样子，捡到什么宝贝了吗？"狐狸带着讽刺的口吻问熊猫。

"是的，你说得没错。"熊猫说，"正如你所说的，我是很得意，我真的觉得很愉快。不过，我只是将让自己觉得快乐当成一种习惯罢了。"

★★★★★★★★ 智慧感悟 ★★★★★★★★

当快乐成为一种习惯，忧愁不再有，烦恼不再有；当快乐成为一种习惯，生命的每一个瞬间，都会留下欢声笑语。每天我们都有选择怎样度过这一天的权利，快乐是一天，悲伤是一天；快乐是一生，痛苦是一生，何不为自己选择快乐与幸福呢？

珍惜拥有才能享受快乐

上帝制造了驴，对它说："你是头驴，从早到晚要不停地干活，在你的背上还需要驮着重物，你吃的是草，而且缺乏智慧。你的生命将有50年。"驴回答说："像驴这样生活50年太长了。求求您上帝，不要超过20年吧。"上帝答应了。

上帝制造了狗，对它说："你呀，需要随时保持警惕，守护着你最好的伙伴——人和他们的住所，你吃的是他们桌上的残食，你的生命为25年。"狗回答说："我的主啊，像狗这样的生活25年太长了，请您改变我的生命，不要超过10年。"上帝答应了它的要求。

上帝制造了猴子，对它说："猴子，你被悬挂在树上，像个白痴一样令人发笑。你将生活在世上20年。"猴子眨眨眼睛回答说："我的主啊！如同小丑般活20年，太长了，请您不要让时间超过10年吧！"上帝也答应了猴子的请求。

最后，上帝制造了人，告诉他："人，要有理性地活在这个世上，用你的智慧掌握一切、支配一切，而你的生命为20年。"

人听完后这样回答道："主啊！人活着只有20年太短了，您将驴拒绝的30年、狗拒绝的15年和猴子拒绝的10年赐予我好吗？"上帝同样答应了。正如上帝所安排的那样，人好好地活了开始的20年，接着成家立业，如同驴一般背着沉重的包袱拼命地工作；然后犹如狗一样认真守护着他的孩子，吃光他们碗里剩下的食物；当人老的时候，他又像猴子一样，扮演小丑逗乐他的孙子们。

智慧感悟

　　在我们的一生中，或许事情就是这样，我们很多人就是这样走过了自己的一生。但在这个过程中，我们笑，我们哭，我们沉默不语，我们大喊大叫，我们从中感受到了人生的喜怒哀乐，同时也感受到了自己的幸福。只要对生活学会感恩、珍惜你所拥有的，就会发现快乐就在你身边。

第十五章

友情慰藉心灵

友情是天堂，没有它就像下地狱；友情是生命，没有它就意味着死亡。

——威·莫里斯

能帮助他人的人永远会以强者的姿态生活。

——约翰·肯尼迪

患难见真情

一户人家在搬家的时候，发现在杂物堆里有两只老鼠。大家齐声喊打，却又突然住了手——人们发现那两只老鼠有些异样，其中一只老鼠咬住了另外一只老鼠的尾巴，它们像手拉手横过马路的孩子一样，大摇大摆地进行"战略转移"。这时，有人喊了一声："快看后面那只老鼠——它是个瞎子！"大家定眼望去，可不是嘛，后面那只老鼠的头部鼓着个瘤子似的东西，两只眼睛被挡住了，变成了盲鼠。

大家轻叹着，一瞬间就明白了眼前发生的一切——大祸临头，那只健康的老鼠不忍丢下可怜的同伴，就把自己的尾巴送到同伴的嘴里，引着它脱离险境。看着这悲壮的一幕，人们的心软了，不约而同地让出一条通道。

这两只老鼠会是什么关系呢？猜夫妻关系的有一颗银子般的心，猜母子关系的有一颗金子般的心，猜没有关系的有一颗钻石般的心。

智慧感悟

哈佛教授霍布斯·里尔说过一句话："爱心是善举的火源，它点亮的不仅是人们的生活，而且更是人类心灵的旅途。"真正的友谊是在困难的境况中展示的。患难仍能帮助你的人，才是真正的朋友。一如那句古老的箴言：A friend in need is a friend in deed.（患难见真情）。

友情慰藉心灵

有一个叫威廉的少年，10 岁的时候，他因输血不幸染上了艾滋病，伙伴们都躲着他，只有大他 4 岁的莱斯依旧像从前一样跟他玩耍。

一个偶然的机会，莱斯在杂志上看见一则消息，说新奥尔良的费医生找到了能治疗艾滋病的植物，这让他兴奋不已。于是，在一个月明星稀的夜晚，他带着威廉悄悄地踏上了去新奥尔良的路。

为了省钱，他们晚上就睡在随身带的帐篷里，威廉的咳嗽多起来，从家里带来的药也快吃完了。这天夜里，威廉冷得直发抖，他用微弱的声音告诉莱斯，他梦见200亿年前的宇宙了，星星的光是那么暗，他一个人待在那里，找不到回来的路。莱斯把自己的鞋塞到威廉的手上："以后睡觉，就抱着我的鞋，想想莱斯的臭鞋还在你手上，莱斯肯定就在附近。"

他们身上的钱差不多用完了，可离新奥尔良的路还很远。威廉的身体越来越弱，莱斯不得不放弃计划，带着威廉回到了家乡。莱斯依旧常常去病房看威廉，他们有时还会玩装死游戏吓医生和护士。

秋天的下午，阳光照着威廉瘦弱苍白的脸，莱斯问他想不想再玩装死的游戏，威廉点点头。然而这回，威廉没有在医生为他摸脉时忽然睁开眼笑起来，他真的死了。

那天，莱斯陪着威廉的妈妈回家。两人一路无语，直到分手的时候，莱斯才抽泣着说："我很难过，没能为威廉找到治病的药。"

威廉的妈妈泪如泉涌地说："不，莱斯，你找到了。"她紧紧搂着莱斯，"你给了他快乐，给了他友情，给了他一只鞋，他一直为有你这个朋友而满足。"

★智慧感悟★

"美好的行为，比美丽的外表更有力量。美好的行为比形象和外貌更能给人带来快乐，这是一种精美的人生艺术。"我们需要两种东西慰藉心灵，一种是爱情，另一种就是友谊。对我们帮助最大的并不是朋友所给予的物质资助，而是我们坚信能得到他们帮助的信念。

友不贵多，而贵真

从前有一个仗义的人，广交天下朋友。临终前对他儿子讲，别看我自小在社会闯荡，结交的人多如牛毛，其实我这一生就交了一个半朋友。

儿子纳闷儿不已。他的父亲就贴在他的耳朵边交代一番，然后对他说，你按我说的去见见我的这一个半朋友，朋友的含义你自然就会懂得。

儿子先去了他父亲认定的"一个朋友"那里，对他说："我是某某的儿子，现在正被别人追杀，情急之下投身你处，希望予以搭救！"这人一听，不容思索，赶紧叫来自己的儿子，喝令儿子速速将衣服换下，让眼前这个并不相识的"逃犯"穿着，自己儿子却穿上了"逃犯"的衣服。

儿子明白了：在你生死攸关的时刻，那个能为你肝胆相照，甚至不惜割舍自己亲生骨肉搭救你的人，可以称作你的一个朋友。这就是"一个朋友"的选择。

儿子又去了他父亲说的"半个朋友"那里，把同样的话叙说了一遍。这"半个朋友"听了，对眼前这个求救的"逃犯"说："孩子，这等大事我可救不了你，我给你足够的路费，你远走高飞快快逃命，我保证不会向别人告发……"

儿子明白：在你患难时刻，那个能够明哲保身、不落井下石加害于你的人，也可称作你的半个朋友。这就是"半个朋友"的选择。

★★★智慧感悟★★★

一个哲人曾说过："把快乐告诉一个朋友，你将得到两份快乐；如果你把忧愁向一个朋友倾吐，你将被分掉一半忧愁。患难时，出手帮助的人也只能是朋友。"这是青少年一生交友的精髓。友不贵多，而贵真。

真正的朋友是无私的

1831 年，波兰作曲家肖邦在华沙起义失败后，只身流亡至法国巴黎定居。年轻的肖邦虽然才华出众，却空有大志而无施展之地，为求生计，只得以教书为生，处境甚为落魄。

一个偶然的机会，肖邦结识了鼎鼎大名的匈牙利钢琴家李斯特。两人一见如故，大有相见恨晚之感。当时的李斯特在巴黎上流文艺沙龙中已是闻名遐迩的骄子，可他对虽然默默无闻但才华横溢的肖邦大为赞赏。他想：绝不能让肖邦这个人才埋没，必须帮他赢得观众。

一天，巴黎街头广告登出了钢琴大师李斯特举行个人演奏会的消息，剧场门口人头攒动，门票一售而空。

紫红色的帷幕徐徐拉开，灯光下，风度翩翩的李斯特身着燕尾服朝观众致意。台下掌声雷动，李斯特朝观众行礼后，便转身坐在钢琴前，摆好演奏姿势。灯熄了，剧场内一片寂静，人们屏息静气地闭上眼睛，准备享受美好的音乐声。

琴声响了，咚咚的琴声时而如高山流水，时而如夜莺啼鸣；时而如诉如泣，时而如歌如舞。琴声激昂时，剧场内便响起掌声；琴声悲切时，剧场内又响起抽泣声，观众完全被那美妙的音乐征服了。

演奏结束，人们跳起来，兴奋地高喊："李斯特！李斯特!"可灯一亮，大家傻了。观众看到舞台上坐的根本不是李斯特，而是一位眼中闪着泪花的陌生年轻人。他就是肖邦。

人们大为惊愕！原来，那时有个规矩，演奏钢琴要把剧场的灯熄灭，一片黑暗，以便观众能够聚精会神地听演奏。李斯特便利用这个空子，灯一熄，就让肖邦过来代替自己演奏。

当观众明白刚才的演奏竟出自面前这位年轻人之手后，立即变惊愕为惊喜。

剧场内，掌声四起。鲜花一束束地朝台上"飞去"。

于是，一位伟大的钢琴演奏家瞩目于世。

★智慧感悟★

爱默生曾说："人生最美好的事情，就是别人在你的帮助下获得了成功。"真正的朋友是懂得欣赏你、帮助你的人，是愿意为你无私奉献的人。

真正的友谊不必形影不离

在西方，流传着一个关于两位文学大师的故事：

加西亚·马尔克斯是 1982 年诺贝尔文学奖获得者，巴尔加斯·略萨则是近年来被人们说成是随时可能获得诺贝尔文学奖的西班牙籍秘鲁裔作家。他们堪称当今世界文坛最令人瞩目的一对冤家。他俩第一次见面是在 1967 年。那年冬天，刚刚摆脱"百年孤独"的加西亚·马尔克斯应邀赴委内瑞拉参加一个他从未听说过的文学奖项的颁奖典礼。

当时，两架飞机几乎同时在加拉加斯机场降落。一架来自伦敦，载着巴尔加斯·略萨，另一架来自墨西哥城，它几乎是加西亚·马尔克斯的专机。两位文坛巨匠就这样完成了他们的历史性会面。因为同是拉丁美洲"文学爆炸"的主帅，他们彼此仰慕、神交已久，所以除了相见恨晚，便是一见如故。

巴尔加斯·略萨是作为首届罗慕洛·加列戈斯奖的获奖者来加拉加斯参加授奖仪式的，而马尔克斯则专程前来捧场。所谓殊途同归，他们几乎手拉着手登上了同一辆汽车。他们不停地交谈，几乎将世界置之度外。马尔克斯称略萨是"世界文学的最后一位游侠骑士"，略萨回称马尔克斯是"美洲的阿马迪斯"；马尔克斯真诚地祝贺略萨荣获"美洲诺贝尔文学奖"，而略萨则盛赞《百年孤独》是"美洲的《圣经》"。此后，他们形影不离地在加拉加斯度过了"一生中最有意义的4 天"，制订了联合探讨拉丁美洲文学的大纲和联合创作一部有关哥伦比亚—秘鲁关系小说。略萨还对马尔克斯进行了长达 30 个小时的"不间断采访"，并决定以此为基础撰写自己的博士论文。这篇论文也就是后来那部砖头似的《加夫列尔·加西亚·马尔克斯：弑神者的历史》（1971 年）。

基于情势，拉美权威报刊及时推出了《拉美文学二人谈》等专题报道，从此两人会面频繁、笔交甚密。于是，全世界所有文学爱好者几乎都知道：他俩都是在外祖母的照看下长大的，青年时代都曾流亡巴黎，都信奉马克思主义，都是古巴革命政府的支持者，现在又有共同的事业。

作为友谊的黄金插曲，略萨邀请马尔克斯顺访秘鲁。后者谓之求之不得。在秘鲁期间，略萨和妻子乘机为他们的第二个儿子举行了洗礼；马尔克斯自告奋勇，做了孩子的干爹。孩子取名加夫列尔·罗德里戈·贡萨洛，即马尔克斯外加他两个儿子的名字。

但是，正所谓太亲易疏。多年以后，这两位文坛宿将终因种种原因反目成仇、势不两立，以至于1982年瑞典文学院不得不取消把诺贝尔文学奖同时授予马尔克斯和略萨的决定，以免发生其中一人拒绝领奖的尴尬。当然，这只是传说之一。有人说他俩之所以闹翻是因为一山难容二虎，有人说他俩在文学观上发生了分歧或者原本就不是同路。更有甚者是说略萨怀疑马尔克斯看上了他的妻子。这听起来荒唐，但绝非完全没有可能。后来，没有人能再把他们撮合在一起。

★智慧感悟★

这个故事告诉我们：友谊也要距离。适当的距离是友谊存在的保证。所谓君子之交淡如水，真正的友谊未必需要形影不离，只要知心，就足以抚慰我们寂寞的心灵。

让真善美为我们导航

拜伦斯太太是小镇上的一位小蔬菜商。在经济大萧条时期，食品和钱都极度紧缺，物物交换就被广泛采用了。

在镇上，有几个家里很穷的孩子，他们经常去拜伦斯太太的小店。不过，他们并不想购买什么东西。尽管如此，她总是热情地接待他们，就像对待每一个来买菜的大人一样。

"你好，伦安！今天还好吧？"

"你好，拜伦斯太太。我很好，谢谢。这些青菜看起来真不错。"

"可不是嘛。伦安，你妈妈身体怎么样？"

"还好。一直在好转。"

"那就好。你想要点什么吗？"

"不，太太。我觉得你的那些青菜真新鲜呀！"

"你要带点儿回家吗？"

"不，太太。我没钱买。"

"你有什么东西和我交换吗？用东西交换也可以呀！"

"哦……我只有几颗赢来的玻璃球。"

"真的吗？让我看看。"

"给，你看。这是最好的。"

"看得出来。嗯，只不过这是个蓝色的，我想要个红色的。你家里有红色的吗？"

"差不多有吧！"

"这样，你先把这袋青菜带回家，下次来的时候那个红色的玻璃球给我带来。"

"一定。谢谢你，拜伦斯太太。"

镇上还有两个像伦安一样的小男孩，这三个孩子都家境贫寒，他们没有钱买菜，也没有值钱的东西可以交换。为了帮助他们，而且又要显得自然，拜伦斯太太就这样假装和他们为一个玻璃球讨价还价。就像伦安，这次他有一个蓝色的玻璃球，可是拜伦斯太太想要红色的；下次他一定会带着红色玻璃球来，到时候拜伦斯太太又会让他再换个绿的或橘黄的来。当然一定会让他捎上一袋上好的蔬菜回家。

很多年过去了，拜伦斯太太因病去世了。镇上所有的人都去向她的遗体告别并向家属慰问。这些人里面，有三个引人注目的小伙子，他们衣着相当体面、庄重。

这三个小伙子就是当年经常用玻璃球之类的小玩意儿和拜伦斯太太交换蔬菜、食品的那几个穷孩子。在向拜伦斯太太的女儿凯蒂慰问的时候，他们告诉她，他们多么感激拜伦斯太太，感谢她当年"换给"他们的东西。

现在，这三个孩子再也不需要她接济度日了，但是，他们永远都不会忘记她，在她已经失去生命的右手里，握着三颗晶莹闪亮的红色玻璃球。

★☆✦✦✦✦✦☆★
智慧感悟
✦☆✦✦✦✦✦☆✦

不知道善就一定不能为善。善行是体现"善"的唯一途径，而善行能温暖一个人的一生。真正的友谊一定是以真、善、美为导航的，唯有这些才不会偏离纯真与美好的航道。